O MARINHEIRO QUE PERDEU AS GRAÇAS DO MAR

Yukio Mishima

O MARINHEIRO QUE PERDEU AS GRAÇAS DO MAR

Tradução do japonês
Jefferson José Teixeira

2ª edição

Estação Liberdade

Título original: *Gogo No Eiko*
© Herdeiros de Yukio Mishima, 1963
© Editora Estação Liberdade, 2022, para esta tradução
Todos os direitos reservados.

PREPARAÇÃO Eda Nagayama e Julia Ciasca Brandão
REVISÃO Valquíria Della Pozza
EDITOR ASSISTENTE Luis Campagnoli
SUPERVISÃO EDITORIAL Letícia Howes
CAPA Mika Matsuzake
IMAGEM DE CAPA Ogata Korin (1658-1716), *Ondas encrespadas*; período Edo, c. 1704-9. Biombo com dois painéis; tinta, pigmento e folha de ouro sobre papel; 146,5 x 165,4 cm. Metropolitan Museum of Art, Fundo Fletcher, 1926.
EDIÇÃO DE ARTE Miguel Simon
EDITOR Angel Bojadsen

CIP-BRASIL. CATALOGAÇÃO NA PUBLICAÇÃO
SINDICATO NACIONAL DOS EDITORES DE LIVROS,

M659m

Mishima, Yukio, 1925-1970
O marinheiro que perdeu as graças do mar / Yukio Mishima ; tradução Jefferson José Teixeira. - 1. ed. - São Paulo : Estação Liberdade, 2022.
176 p. ; 21 cm.

Tradução de: Gogo no eiko
ISBN 978-65-86068-25-2

1. Romance japonês. I. Teixeira, Jefferson José. II. Título.

22-76763 CDD: 895.63
CDU: 82-31(52)

Meri Gleice Rodrigues de Souza - Bibliotecária - CRB-7/6439
22/03/2022   24/03/2022

Nenhuma parte da obra pode ser reproduzida, adaptada, multiplicada ou divulgada de nenhuma forma (em particular por meios de reprografia ou processos digitais) sem autorização expressa da editora, e em virtude da legislação em vigor.

Esta publicação segue as normas do Acordo Ortográfico da Língua Portuguesa, Decreto nº 6.583, de 29 de setembro de 2008.

EDITORA ESTAÇÃO LIBERDADE LTDA.
Rua Dona Elisa, 116 | Barra Funda
01155-030 São Paulo – SP | Tel.: (11) 3660 3180
www.estacaoliberdade.com.br

午後の曳航

Sumário

PARTE 1
VERÃO
11

PARTE 2
INVERNO
97

PARTE 1

VERÃO

Capítulo 1

A mãe desejou boa-noite a Noboru e trancou o quarto a chave pelo lado de fora. O que ela faria em caso de um incêndio? Lógico que havia prometido abrir a porta antes de tudo. Mas e se, com o fogo, a madeira da porta se deformasse e a tinta vedasse o buraco da fechadura? O que ele faria então? Fugiria pela janela? Abaixo havia um caminho de pedras e o estreito andar superior da casa era desesperadamente alto.

Tudo por sua culpa mesmo. Persuadido pelo chefe, Noboru tinha escapulido de casa durante a madrugada. Ainda que pressionado com perguntas, não revelou o nome dele.

A casa havia sido construída pelo falecido pai no alto da colina de Yado, distrito de Yamate, bairro de Naka, em Yokohama. Confiscada pelas tropas de ocupação, fora reformada, tendo um banheiro instalado em cada cômodo do andar superior. Ser trancado a chave não representava assim um inconveniente, apesar de bastante ignominioso para alguém de treze anos.

Sozinho em casa certa manhã, Noboru esquadrinhou todo o quarto, tentando de alguma forma aliviar o tédio. Uma grande cômoda fora colocada junto à parede divisória entre o seu quarto e o da mãe. Ele puxou todas as gavetas para fora e, enquanto numa manifestação de represália espalhava pelo chão as roupas que as ocupavam, notou um facho de luz penetrando um dos compartimentos do móvel.

Enfiou a cabeça no espaço vazio para verificar a fonte da luz: os intensos raios solares de uma manhã de início de verão que, refletidos no mar, preenchiam o quarto da mãe ausente.

Se curvasse o corpo, devagar conseguiria adentrar a grande cômoda. Mesmo um adulto, desde que ficasse deitado, poderia ali se esgueirar até a cintura.

Visto através do orifício, o quarto da mãe pareceu a Noboru algo totalmente novo.

O par de camas de latão reluzente ao estilo de Nova Orleans, que o pai por predileção mandara trazer dos Estados Unidos, estava encostado à parede do lado esquerdo, exatamente como antes de sua morte. Colchas brancas de pelúcia com uma grande inicial K em relevo — o sobrenome de Noboru era Kuroda — cobriam cuidadosamente as camas. Sobre uma delas, estava posto um chapéu azul-escuro de palha com uma longa fita azul-clara, próprio para passeios. Sobre a mesinha de cabeceira, um ventilador azul.

Do lado direito da janela havia uma penteadeira com espelho de três faces ovaladas. Por não estarem de todo fechadas e vista pela fresta, suas bordas cintilavam como gelo.

Defronte ao espelho, um bosque de frascos: água-de-colônia e de lavanda, borrifadores de perfume e um vaso de cristal da Boêmia de facetas reluzentes. Luvas de renda marrom jaziam enroladas como um feixe de folhas de cedro secas. Para além do móvel e próximo à janela, estavam arranjados um canapé, um abajur de chão, duas cadeiras e uma delicada mesinha baixa. Sobre o canapé, via-se um bastidor com um bordado inacabado. Apesar de terem saído de moda, a mãe gostava de todo tipo de trabalho manual. De onde estava, não podia avistar com clareza as asas deslumbrantes do pássaro, semelhante a um papagaio, sobre um fundo cinza-prateado. Um par de meias aparentava ter sido jogado de modo displicente ao lado do bordado. As peças de náilon cor da pele sobre o estofado adamascado imprimiam uma estranha agitação a todo o ambiente do quarto. Bem ao sair, a mãe deve ter descoberto um fio corrido e trocado as meias às pressas.

Pela janela, viam-se apenas o céu ofuscante e alguns fragmentos de nuvens, rígidas e brilhantes como esmalte, sobre o reflexo do mar.

Noboru não poderia imaginar que aquele quarto contemplado fosse mesmo o aposento habitual de sua mãe. Era como se pertencesse a uma desconhecida que tivesse se ausentado por alguns instantes. E por certo era o quarto de uma mulher. Uma feminilidade perfeita era respirada em cada canto do ambiente. Um aroma suave pairava no ar.

Ocorreu então a Noboru uma ideia estranha.

Teria o furo sido aberto por acaso? Ou quando algumas famílias dos soldados de ocupação moravam provisoriamente juntas na casa...

De súbito, foi assaltado pelo pensamento de que, no espaço cheirando a poeira da cômoda, antes dele próprio, um corpo loiro e peludo teria se envergado ainda com mais perseverança. Ao pensar assim, o ar dentro do local exíguo se tornou azedo, insuportável.

Torcendo o corpo e se arrastando rápido para trás, saiu da cômoda e correu até o quarto contíguo.

Noboru não poderia esquecer a singular impressão que teve naquele momento.

Ao adentrar de modo impetuoso, o quarto da mãe em nada se assemelhou àquele cômodo misterioso que havia observado instantes antes. Era o mesmo dormitório habitual e sem atrativos. Estava de volta ao lugar onde à noite a mãe punha de lado o bordado e aos bocejos o ajudava com os deveres de casa; onde resmungava de mau humor e o censurava por sua gravata estar sempre torta; onde lhe dizia "não venha com tanta frequência ao quarto da mamãe com a desculpa de querer admirar os navios. Você já não é mais criança"; onde conferia os livros contábeis trazidos da loja e permanecia longo tempo revisando as declarações de impostos com o queixo apoiado em uma das mãos.

Noboru verificou dentro do quarto da mãe onde estaria o furo.

Teve dificuldade para encontrá-lo.

Observando com atenção, era um orifício realmente ocultado de forma muito hábil sob um dos repetidos recortes em formato de onda esculpidos na parte superior do lambrequim, por onde corria a moldura de madeira gravada em estilo antigo.

Retornou às pressas para o seu quarto, dobrou e devolveu às gavetas todas as roupas espalhadas pelo chão. Depois de fechar a cômoda com cuidado, prometeu a si mesmo que dali em diante jamais faria algo que pudesse chamar a atenção dos adultos para o móvel.

Desde essa descoberta, sobretudo nas noites em que a mãe o repreendia, trancando-o ou não no quarto, retirava então as gavetas, com cautela e sem fazer barulho, para incansavelmente contemplar a figura dela antes de dormir. Nas noites em que a mãe lhe havia sido gentil, jamais a observava.

Noboru descobriu o hábito dela de se despir por completo antes de se deitar, mesmo que ainda não fizesse calor a ponto de ser difícil pegar no sono. Sofria um mau bocado quando ela se aproximava do espelho de parede no canto do quarto fora de seu campo de visão.

Aos trinta e três anos, a mãe ainda detinha um lindo corpo, que, apesar de delicado, era bem proporcionado por frequentar um clube de tênis. Em geral, deitava-se após passar água-de-colônia pelo corpo, mas ocasionalmente se sentava de perfil diante do espelho dirigindo-lhe o olhar vazio, como se violado pela febre, por vezes sem mover os dedos cuja forte fragrância chegava até as narinas dele. Nesses momentos, Noboru sentia calafrios, confundindo com sangue o esmalte vermelho que pintava as unhas entrelaçadas.

Pela primeira vez na vida, Noboru via de forma tão minuciosa o corpo de uma mulher.

Seus ombros desciam suavemente para a esquerda e para a direita, como a linha costeira. A nuca e os braços tinham um leve bronzeado, mas a partir do tórax começava uma área não tingida, de carne branca e macia, cálida como se queimada a partir do interior. O tênue declive até aos seios adquiria uma forma extravagante e, quando ela os apalpava com as mãos, os mamilos da cor de uva se erguiam. O ventre acompanhava a respiração num movimento discreto. A cicatriz da cesariana. Noboru tinha pesquisado sobre isso em um empoeirado livro vermelho, posto de propósito com a lombada voltada para dentro, na prateleira mais alta da estante no escritório do pai, entre o *Métodos de plantio de plantas floríferas* e o *Manual das pequenas empresas*.

E, depois, vislumbrou a área negra. Não conseguia observá-la bem e se esforçava a ponto de lhe doer o canto dos olhos... Pensou em toda a indecência que conhecia, mas as palavras não conseguiram de modo algum forçar seu caminho para adentrar aquela moita. Conforme diziam os amigos, deveria ser uma pobre casa desocupada. Noboru se indagava qual relação haveria entre aquela casa desocupada e o vazio do seu próprio mundo.

Com treze anos, estava convencido de ser um gênio, uma convicção compartilhada com todos os seus amigos; o mundo consistia de alguns sinais e decisões simples; desde o nascimento, a morte fincava raízes firmes; o ser humano não conhecia outro recurso a não ser cultivar e aguar tais raízes; a reprodução era uma ficção, bem como a sociedade; pais e professores cometiam um grave pecado apenas por serem pais e professores. Sendo assim, a morte do pai, quando ele tinha oito anos, consistia em um acontecimento feliz, um evento digno de orgulho.

Nas noites de luar, a mãe apagava as luzes e se postava nua diante do espelho de parede! A sensação de vazio usurpava nessas noites o sono de Noboru. Uma vulgaridade mundial se revelava em meio às doces sombras e luzes.

"Se eu fosse uma ameba", pensava, "talvez pudesse vencer essa vulgaridade com meu corpo microscópico. O corpo imperfeito do ser humano é incapaz de vencer seja o que for."

Com frequência adentrava pela janela escancarada o som das sirenes dos navios, como um íncubo. Naquelas noites em que a mãe lhe era gentil, Noboru conseguia dormir sem observá-la. A visão aparecia, porém, em seus sonhos.

Por orgulho de ter um coração rijo, não chorava nem mesmo em sonhos. O coração duro era como uma enorme âncora de ferro, resistente à corrosão marinha, indiferente às cracas e ostras afligindo o costado dos navios, sempre de corpo polido e frio, mergulhada na sedimentação de lama do porto repleta de garrafas vazias, artigos de borracha, sapatos velhos, um pente vermelho desdentado, tampinhas de garrafas de cerveja e tantos outros. Desejava em algum momento fazer uma tatuagem de âncora exatamente sobre seu coração.

***

Quase ao término do verão, houve uma noite em que a mãe esteve menos doce. Nessa noite algo imprevisível ocorreu.

Ela estava ausente desde a tardinha. Disse ter convidado o segundo oficial Tsukazaki para jantar, como agradecimento pela gentileza de ter mostrado seu navio a Noboru no dia anterior. Ao sair, a mãe se mostrava de uma beleza magnífica, vestindo um quimono de renda em seda preta com fundo carmesim, preso com um *obi* de brocado branco.

Por volta das dez, a mãe voltou acompanhada de Tsukazaki. Noboru os recebeu na sala de estar e ouviu as histórias do mar contadas pelo oficial um pouco embriagado. Às dez e meia, a mãe disse a Noboru que estava na hora de ir dormir. Ela o conduziu até o quarto e trancou a porta a chave.

Era uma noite quente e muito úmida. Em particular, o interior da cômoda estava abafado a ponto de ser irrespirável, mas Noboru tinha se preparado para a qualquer momento mergulhar ali dentro e aguardou. Já passava bem da meia-noite quando ouviu passos furtivos subindo a escada. A maçaneta foi estranhamente girada na escuridão, de modo a assegurar que a porta de Noboru estava de fato fechada, algo que nunca havia acontecido até então. E afinal ouviu o som da porta do quarto da mãe sendo aberta. Com o corpo repleto de suor, embrenhou-se no espaço do móvel.

O luar proveniente do sul se refletia em um dos vidros da janela escancarada do quarto. O oficial, vestido com uma camisa com dragonas douradas, havia se encostado à janela. Noboru entreviu a silhueta das costas da mãe se aproximar do oficial e os dois se beijarem longamente ao lado da janela.

A mãe, então, tocou os botões da camisa do homem sussurrando-lhe algo, acendeu o abajur de chão de luz tênue e recuou. Diante do guarda-roupa, em um canto do quarto que Noboru não podia observar pelo orifício, ela começou a se despir. O sibilo agudo da cinta sendo tirada, como a ameaça de uma serpente, e o som suave do quimono deslizando para o chão se seguiram. Subitamente, flutuou no ar ao redor da fresta o aroma do habitual perfume Arpège da mãe. Ela havia transpirado ao caminhar na noite quente e úmida, um pouco embriagada, e Noboru sentia pela primeira vez a fragrância almiscarada, exalada por seu corpo enquanto se despia.

Ao lado da janela, o oficial tinha o olhar fixo na direção de Noboru. Sob a luz do abajur, apenas seus olhos brilhavam no rosto bronzeado.

Teve noção da altura do homem ao compará-la à da luminária que costumava usar para medir a própria altura. Não devia ultrapassar um metro e setenta. Talvez um metro e sessenta e cinco ou um pouquinho mais. Não era um homem tão grande.

Tsukazaki desabotoou devagar os botões da camisa e em seguida despiu as roupas sem dificuldade. Apesar de regular em idade com a mãe de Noboru, tinha um corpo mais jovem e sólido do que um homem em terra, como se a matriz tivesse sido fundida no mar. Os ombros largos apresentavam o formato quadrangular do telhado de um templo; o peito, coberto por uma profusão de pelos, sobressaía com distinção; e por todo seu corpo surgiam músculos nodosos semelhantes à torcedura sólida das cordas de sisal, como se vestisse uma armadura de carne que pudesse despir quando quisesse. E Noboru se surpreendeu ao ver, rasgando os pelos profundos do baixo ventre, a triunfante torre lustrosa de um templo erguida, ereta.

Sob a luz débil e oblíqua, os pelos espalhavam sobre seu torso largo uma sombra delicada a cada respiração. O perigoso brilho dos olhos se encontrava fixo sobre a mulher que se despia. O reflexo da lua às suas costas imprimia uma linha áurica em seus ombros espadaúdos e dourava a veia grossa sobressaindo de seu pescoço. Era o verdadeiro ouro da carne produzido pela luminosidade do luar e do suor.

A mãe demorou bastante para se despir. Teria essa lentidão sido proposital?

De repente, o amplo som de uma sirene ressoou pela janela aberta e preencheu o cômodo imerso na penumbra. Era o grito daquele mar que reverberava: forte e sombrio, sem limites, de uma impositiva e desamparada melancolia, escorregadio como o negrume das costas de uma baleia, repleto da emoção das ondas, das lembranças de milhares de navegações com todas as suas alegrias e humilhações. A sirene, carregada do brilho e da loucura da noite, trazia do profundo alto-mar o desejo pelo néctar sombrio daquele pequeno quarto.

O oficial voltou o olhar para a água com um brusco movimento dos ombros...

Noboru sentiu como se presenciasse um milagre: algo que tinha guardado no coração desde o nascimento agora se revelava e consumava por completo.

Até a sirene reverberar, fora ainda um esboço incerto. Os materiais escolhidos estavam preparados e tudo estava pronto para convergir para o instante até então inédito neste mundo. Porém ainda era insuficiente o poder para transformar de vez o local da guarda dessa matéria confusa da realidade em um esplêndido palácio.

Assim, o repentino toque da sirene representou a pincelada decisiva para transmutar tudo em uma figura perfeita.

Até aquele momento estavam ali reunidos a lua, a brisa quente do mar, o suor e o perfume dos corpos expostos e maduros de um homem e uma mulher, as marcas do oceano e das memórias de portos ao redor do mundo, um pequeno orifício de sufocante observação desse universo, o coração insensível de um rapaz… As cartas espalhadas desse baralho, porém, não revelavam nenhum sentido. Mas num rompante, graças à sirene, as cartas adquiriram uma relação universal, um vínculo — Noboru e a mãe, a mãe e o homem, o homem e o mar, o mar e Noboru —, fazendo vislumbrar, num relance, um círculo de inevitável existência.

Sentia-se sufocado, suado e extático, a ponto de desmaiar. Imaginou contemplar diante dos olhos um emaranhado de fios se desenrolando e desenhando uma luminosa forma. Isso não deveria ser destruído. Por ter sido provavelmente construído por ele, um rapaz de treze anos.

"Isso não pode ser destruído, seria o fim do mundo. Farei o que houver de mais terrível para impedi-lo", pensou Noboru, entre sonho e realidade.

Capítulo 2

Ryuji Tsukazaki se espantou ao acordar em uma cama que não lhe era familiar. A cama ao lado estava vazia. Aos poucos lhe ocorreu a mulher ter dito, antes de dormir, que levantaria cedo pois o filho iria pela manhã nadar na casa de um colega em Kamakura. Após o menino sair, ela voltaria de imediato ao quarto, por isso pediu a Ryuji que permanecesse em silêncio.

Tateou a cabeceira procurando o relógio de pulso e pôde ver as horas ao levantá-lo contra a luz filtrada pela cortina não totalmente fechada. Eram dez para as oito. Sem dúvida Noboru ainda não teria saído.

Havia dormido por cerca de quatro horas. Por acaso fora se deitar no mesmo horário em que costumava cair no sono ao término do turno da noite.

Apesar do tempo reduzido de descanso, seus olhos estavam bem despertos e, pressionado como uma mola, permanecia por todo o seu corpo o prazer da noite inteira. Espreguiçou-se cruzando os braços diante dos olhos e ficou satisfeito ao ver, sob a luz que permeava a cortina, os pelos de seus braços vigorosos formando redemoinhos dourados.

Embora ainda fosse cedo, fazia muito calor. A cortina diante da janela aberta não esboçava um leve movimento sequer. Ryuji se espreguiçou de novo e com a ponta do dedo apertou o botão do ventilador sobre a mesinha de cabeceira.

"Segundo oficial, faltam quinze minutos para o seu turno", ouviu gritar o contramestre há pouco, em um sonho nítido. Ryuji cumpria turnos diários do meio-dia às quatro da tarde, e da meia-noite às quatro da manhã. O mar e as estrelas eram tudo que havia à sua frente.

A bordo do cargueiro Rakuyo, Ryuji era considerado pouco sociável e esquisitão. Não levava jeito para prosa, a única diversão dos marinheiros, como se dizia, nem para participar das "rodas de bate-papo", as reuniões dos homens do mar para jogar conversa fora. Histórias de mulheres, acontecimentos quando em terra firme, fanfarronices diversas... Ele detestava a tagarelice destinada a acalentar mutuamente a solidão, os rituais para afirmar os vínculos entre os seres humanos.

Muitos homens se tornam marinheiros por gostarem do mar, mas no caso de Ryuji seria mais apropriado afirmar que havia se tornado marinheiro por detestar a terra firme. Na época em que se graduou por uma escola da Marinha Mercante, as forças de ocupação haviam feito uma suspensão, até então inédita no pós-guerra, da proibição aos navios japoneses de zarparem para o alto-mar, permitindo assim que, em seu primeiro embarque, ele seguisse para Taiwan e Hong Kong, e, em um segundo momento, para a Índia e o Paquistão.

A paisagem dos trópicos enchia seu coração de alegria. Quando o navio acostava, as crianças nativas traziam nas mãos bananas, papaias, abacaxis, pássaros de cores vibrantes e saguis para fazer escambo por meias de náilon ou relógios. Ryuji adorava os bosques de palmeiras-rabo-de-peixe projetando suas sombras sobre o rio lamacento. Imaginava que sua fascinação pelas palmeiras talvez se devesse a alguma vida pretérita quando a planta teria sido comum em sua terra natal.

Com o passar dos anos, porém, as paisagens de locais exóticos deixaram de lhe despertar atração.

Ele detinha a estranha característica dos marinheiros que em essência não pertenciam nem à terra nem ao mar. Alguém que detesta a terra deveria nela permanecer para sempre. O distanciamento do porto e as longas viagens marítimas, bem ou mal, faziam-no sonhar de novo com a terra e provocavam nele o absurdo paradoxo de devanear com o alvo de sua antipatia.

Ryuji odiava o particular atributo de imobilidade da terra e sua aparência de eternidade. Não obstante, o navio representava outro tipo de prisão.

Aos vinte anos, ele teve uma ideia fervorosa.

— A glória! A glória! A glória! Eu nasci só para ela!

Ignorava por completo o tipo de glória que desejava ou que lhe seria adequado. Sabia apenas haver um ponto luminoso na profunda escuridão do mundo que fora preparado só para ele e que um dia se aproximaria para iluminá-lo e a mais ninguém.

Por mais que refletisse, para obter tal glória seria necessário que o mundo sofresse uma reviravolta. A glória e o desmoronamento do mundo estavam fundidos. Ansiava por uma tempestade. Contudo, a vida no navio apenas lhe ensinava a regularidade das leis naturais e a estabilidade dinâmica de um mundo conturbado.

Seguindo o costume dos marinheiros que riscam com um "x" a lápis os números no calendário de sua cabine, dia após dia, ele examinou cada um de seus desejos e sonhos e começou a descartá-los, um de cada vez, todos os dias.

No turno da madrugada, porém, para além das ondas e em meio ao acúmulo de lustrosas águas-marinhas infladas pelas trevas, Ryuji por vezes sentia que a glória se aproximava sorrateiramente para clarear com um brilho avermelhado, como o de noctilucos em grupos, sua galante silhueta no ponto mais elevado do mundo dos homens.

Nesses momentos na ponte de comando, rodeado pelo timão e por radares, tubos acústicos, compassos magnéticos e sinos dourados pendendo do teto, Ryuji podia se convencer ainda mais disso.

"Deve haver um destino especial reservado para mim. Um destino resplandecente, feito sob medida, vedado aos homens comuns."

Ryuji gostava da música em voga e tinha todos os discos de novas canções. Durante as viagens, decorava as letras e cantarolava em suas folgas, só parando quando alguém se aproximava. Adorava canções de marujos — seus colegas orgulhosos, no entanto, detestavam esse tipo de música —, em particular "Não posso abandonar minha vida de marinheiro":

"Toca a sirene, a fita é cortada
O navio da costa se afasta
Decidi ser um homem do mar
Aceno gentilmente, meu coração chora
Vendo se distanciar a cidade portuária"

Do final do turno da tarde até o horário do jantar, Ryuji se trancava na cabine onde penetravam os raios do sol poente e ouvia repetidas vezes esses discos em som baixo. Se reduzia o volume era para que os outros não ouvissem e para evitar que colegas oficiais aparecessem para uma roda de bate-papo ao escutarem o som. Todos os demais já sabiam e não entravam na cabine.

Ouvindo e cantarolando, Ryuji por vezes chorava, assim como na letra da música. Era estranho que, sem ter uma família, ele se entregasse ao sentimentalismo da "se distanciar a cidade portuária", mas as lágrimas derramavam direto de um local difícil de controlar, de uma parte sua que era fraca, sombria, distante, que ele deixava ainda abandonada mesmo com a idade de agora.

Lágrimas nunca eram vertidas quando o navio de fato se afastava da terra. Lançava um olhar de desprezo ao contemplar seu suave distanciamento do embarcadouro, das docas, dos inúmeros guindastes e telhados dos armazéns. A sensação da partida, que antes parecia inflamar seu peito, havia esmaecido durante os mais de dez anos em viagens pelo mar. Ganhou tão somente um bronzeado e um olhar apurado.

Ryuji cumpria seu turno, dormia, acordava, fazia seu segundo turno para então voltar a dormir. Suas economias cresciam, na medida do possível, e ele se empenhava em ficar sozinho com seus profusos sentimentos. Familiarizado com as estrelas, era bom em medições astronômicas, dominando também a arte de guardar as cordas e as diversas funções no convés. Atentava para o ritmo das marés à noite e distinguia os batimentos e movimentos do mar. Quanto mais acostumado com o acúmulo das esplêndidas nuvens dos trópicos e com os mares de corais de cores variadas, mais o saldo de sua poupança aumentava. Agora possuía a excepcional soma de dois milhões de ienes.

Outrora, Ryuji também havia conhecido as alegrias de ser perdulário. Perdeu a virgindade em sua primeira viagem, quando o navio aportou em Hong Kong. Um colega veterano o levou até uma mulher de etnia local, residente em uma sampana.

Deitado na cama de latão, Ryuji deixava a cinza de seu cigarro ser dispersada pelo ventilador enquanto apertava os olhos de leve como se tentasse comparar, colocando sobre uma balança, a qualidade e a quantidade de prazer da noite anterior com aquelas, dignas de compaixão, de sua experiência inicial.

Começou assim a relembrar a costa sombria de Hong Kong e o peso das águas sujas que a lambiam, bem como a luz débil das lanternas das muitas sampanas.

À noite, para além dos inúmeros mastros e das velas de junco abaixadas das embarcações atracadas na vila dos residentes locais, o brilho das janelas dos edifícios e dos anúncios em néon da cidade de Hong Kong ofuscava a fraca luminosidade das lanternas em primeiro plano, tingindo as águas negras com seus reflexos coloridos.

A sampana de uma mulher de meia-idade na qual estavam Ryuji e seu colega deslizava sobre a via aquática estreita, fazendo um ruído baixo na popa. Ao chegarem afinal ao local onde se reuniam as luzes que cintilavam sobre as águas, avistaram os quartos das mulheres enfileirados na claridade.

As embarcações ancoradas eram cercadas em três de seus lados pelo pátio interno das águas. Na face das popas havia bandeiras vermelhas e verdes de papel, em celebração a divindades regionais, além de varetas de incenso fumegando. Como proteção da chuva, tecidos com padrão de flores em formato semicircular foram colados na parte interna. No fundo, havia uma plataforma forrada com o mesmo tecido e ali, em um espelho que não poderia faltar, a sombra da sampana de Ryuji e seu colega balançava de um quarto para outro, conforme passava oscilando, refletida ao longe.

As mulheres fingiam de propósito não se importar com eles. Algumas estavam enfiadas sob cobertas, expondo ao frio apenas o pescoço branco de pó de arroz, reto como o de uma boneca, enquanto outras se cobriam até os joelhos e solitárias tiravam a sorte nas cartas. As deslumbrantes ilustrações vermelhas e douradas das cartas reluziam por entre os dedos finos e amarelados das mulheres.

— Qual você quer? São todas jovens — disse o veterano. Ryuji permaneceu calado.

Pela primeira vez escolheria uma mulher e, após ter navegado mil e seiscentas milhas em direção às algas vermelhas e sujas das águas turvas de Hong Kong flutuando em meio ao reflexo das débeis luzes, havia nele um estranho cansaço e perplexidade. Mas as mulheres eram mesmo jovens e atraentes. Antes que o veterano voltasse a lhe perguntar, já tinha feito sua escolha.

Transferiu-se para um pequeno barco. A prostituta de faces pálidas e contraídas pelo frio de repente riu feliz. Sem alternativa, Ryuji acreditou na felicidade trazida por ele. A mulher puxou a cortina estampada de flores, cerrando a entrada.

Tudo se desenrolou sem uma palavra. Ele, por vaidade, tremeu um pouco como na primeira vez que subiu em um mastro... Sob a coberta, a parte inferior da mulher se movimentava com vagar, como um pequeno animal semiadormecido em hibernação invernal. Ryuji sentiu as estrelas balançarem perigosamente no alto do mastro. Para o sul, depois para o norte, para o extremo leste, até que, por fim, pareceram transpassar o mastro... Quando Ryuji compreendeu o que era estar com uma mulher, já havia terminado.

***

Alguém bateu à porta. Fusako Kuroda entrou, carregando uma grande bandeja com o café da manhã.

— Desculpe pela demora. Só agora Noboru saiu.

Fusako colocou a bandeja sobre a delicada mesinha e abriu as cortinas por completo.

— Não tem vento algum. Hoje também deve fazer calor.

Até a sombra diante da janela queimava como betume. Ryuji Tsukazaki sentou-se na cama e enrolou na cintura o lençol amarrotado. Fusako havia trocado de roupa e lhe pareceu estranho que seus braços nus se movessem sem hesitação não para abraçá-lo, mas para despejar café nas xícaras. Aqueles braços já não eram mais os da noite anterior.

Ryuji puxou Fusako para a cama e a beijou. A pele sensível e fina das pálpebras mostrava em minúcias o movimento de suas pupilas. Sentiu que naquela manhã ela permanecia intranquila mesmo ao cerrar assim os olhos.

— A que horas você vai para a loja?
— Preciso estar lá até as onze. E você, o que vai fazer?
— Vou dar as caras no navio, eu acho.

Os dois se mostravam um pouco desconcertados pela situação nova criada na única noite. Naquele momento, essa perplexidade era o que orientava suas boas maneiras. Ryuji examinava até onde poderiam avançar com "a imensurável arrogância das pessoas tolas", como costumava chamar.

O rosto radiante de Fusako sugeria várias opções. Uma ressurreição. Ou o esquecimento. Ou talvez uma prova, para ela e os outros, que não se tratara de "erro" algum.

— Vamos comer aqui? — perguntou ela, dirigindo-se ao canapé. Ryuji pulou para fora da cama e vestiu-se às pressas.

Enquanto isso, Fusako permaneceu de pé à janela, contemplando o porto.

— Seria bom se fosse possível ver o seu navio daqui.
— Se o cais não fosse tão distante da cidade...

Ele abraçou o corpo da mulher por detrás e contemplou o porto.

Diante de seus olhos enfileiravam-se os telhados vermelhos de uma rua de decrépitos armazéns. No cais ao pé da montanha em direção ao norte havia vários armazéns novos, em estilo semelhante ao de prédios de apartamento em concreto. O canal desaparecia no vaivém de sampanas e barcaças. Para além da zona de armazéns, pilhas em uma madeireira formavam um esmerado mosaico, e, a partir de sua área externa, um longo quebra-mar se estendia em direção ao oceano.

Os raios matinais do sol de verão reluziam como se espraiados por toda a superfície de metal sobre a bigorna gigante do cenário portuário.

Os dedos de Ryuji roçaram os mamilos da mulher por sobre o vestido de cânhamo azul. Ela inclinou ligeiramente o queixo para trás e seus cabelos fizeram cócegas na ponta do nariz dele. Como sempre, ele se imaginou vindo de um local muito remoto, por vezes do extremo oposto do mundo, para só então alcançar o ponto delicado dessa sensação na ponta de seus dedos, ao lado da janela em uma manhã ensolarada de verão.

O quarto estava preenchido pelo aroma de café e geleia de laranja.

— Tive a impressão de que Noboru sabia. Não que me importe... Afinal, ele parece gostar muito de você. Mesmo assim, por que algo tão inacreditável aconteceria? — indagou Fusako, com uma insensibilidade um tanto forçada.

Capítulo 3

Localizada em Motomachi, a Rex era uma antiga e renomada loja de artigos importados do Ocidente. Fusako tinha assumido os negócios após a morte do esposo. O pequeno sobrado de estilo mourisco chamava atenção. Em seus espessos muros brancos avistavam-se janelas em arco, com vitrines sóbrias e de bom gosto. Do lado de dentro, uma varanda dava para um pequeno pátio forrado de cerâmica proveniente da Espanha, com um chafariz no centro. O Baco de bronze, em cujos braços pendiam de maneira negligente algumas gravatas Vivax, era de valor inestimável e não se encontrava à venda. Além das mercadorias expostas, havia na loja muitas antiguidades ocidentais colecionadas pelo marido.

Fusako empregava um velho gerente e quatro atendentes. Entre os clientes, havia estrangeiros residentes no distrito de Yamate, muitas pessoas elegantes e artistas de cinema vindas de Tóquio. Algumas pequenas lojas de varejo de Ginza também vinham em busca de mercadorias, já que a Rex conquistara a reputação de um rigoroso discernimento na escolha de seus produtos, artigos masculinos em sua maioria. Junto com o gerente, que compartilhava o mesmo gosto do marido, Fusako analisava com cuidado os itens a serem adquiridos de seus fornecedores.

Sempre que um navio atracava no porto, o representante de uma empresa comercial de importação, velho amigo desde a época do esposo, servia-se de seus contatos como despachante para ver as mercadorias logo que desembarcassem, ainda antes de rumarem para o entreposto, conseguindo, assim, antecipar os negócios. A política comercial da Rex priorizava as marcas, e então metade dos pedidos de um mesmo suéter Jaeger, por exemplo, era de produtos de qualidade superior e a outra, de preço econômico, criando distintos preços de venda. Mesmo produtos de couro italiano não se restringiam apenas aos de alta qualidade da Via Condotti, mas a loja firmava contrato especial também com a escola de curtume associada à Basílica de Santa Croce, em Florença.

Impossibilitada de viajar ao exterior por causa do filho, no ano anterior Fusako enviou à Europa o velho gerente e, como resultado, foi possível estabelecer contatos em muitos países. O gerente parecia ter dedicado toda a vida à elegância masculina: a Rex vendia até mesmo polainas inglesas que não se encontravam à venda em lugar algum em Ginza.

Fusako chegou no horário habitual à loja. O gerente e os atendentes a receberam com os cumprimentos matinais. Depois de fazer algumas perguntas sobre os negócios, dirigiu-se ao escritório no andar superior e abriu a correspondência comercial. O aparelho de ar-condicionado na janela emitia um zunido solene.

Sentiu alívio ao poder se sentar diante da mesa de trabalho no horário de sempre. Era preciso que fosse assim de qualquer jeito. O que seria dela se hoje tivesse se ausentado da loja?

Retirou da bolsa um cigarro feminino e o acendeu, checando na agenda de mesa os compromissos do dia. A atriz Yoriko Kasuga, em filmagem em Yokohama, deveria vir durante a pausa de almoço para fazer compras vultosas. Ela tinha viajado ao exterior para participar de um festival de cinema e voltado ao Japão após gastar em outras coisas o dinheiro reservado aos presentes e agora pretendia despistar, comprando produtos na Rex. Telefonou pedindo "acessórios masculinos, qualquer coisa, para vinte pessoas". Também a secretária do diretor-presidente dos Armazéns Yokohama deveria vir comprar algumas camisas polo italianas que ele usava para jogar golfe. Clientes fiéis, eram daqueles que compravam sem sequer olhar as mercadorias.

Tudo estava sereno no pátio inferior visto através das persianas finas que serviam de anteparo. Brilhavam as pontas das folhas de uma seringueira. Aparentemente os clientes ainda não haviam chegado.

Fusako se preocupava que o gerente Shibuya pudesse ter notado a remanescente vermelhidão ao redor de seus olhos. O velho senhor divisava uma mulher com o mesmo olhar de quando examinava um tecido em suas mãos. Mesmo sendo essa mulher sua patroa.

Cinco anos haviam decorrido desde a morte do marido e naquela manhã, pela primeira vez, fez a conta dos anos. Enquanto o tempo passava, não lhe parecera longo em particular, mas de repente esses cinco anos haviam se tornado de uma vertiginosa extensão, como um *obi* branco, comprido e apertado demais.

Fusako apagou o cigarro no cinzeiro, apertando-o como se brincasse. Ryuji tinha se instalado por todos os cantos de seu corpo. Numa sensação avassaladora, sentia a pele contínua sob o quimono, os seios e as coxas em uma terna correspondência. O cheiro de suor do homem ainda agora não tinha evaporado todo de suas narinas. Com paciência, dobrou os dedos dos pés no interior dos sapatos de salto.

Fusako encontrou Ryuji pela primeira vez dois dias antes. Noboru, apaixonado por navios, tinha insistido e Fusako, após obter uma carta de apresentação de um diretor de uma empresa de navegação cliente da loja, levou-o para visitar o Rakuyo, cargueiro de dez mil toneladas, atracado naquele momento no cais. Por algum tempo, mãe e filho contemplaram do píer de Takashima a brilhante silhueta verde e creme do Rakuyo sob o sol de verão. Fusako levava aberta uma sombrinha de cabo longo, feito de couro de cobra branca.

— Vê os navios fundeados a distância? Todos esperam autorização para atracar — explicou Noboru com ar de entendido.

— Por isso nossa carga demora e nos causa transtorno — afirmou Fusako, lânguida de calor só de olhar para os navios.

O céu, onde nuvens surgiram, estava separado pelas muitas amarras entrecruzadas das embarcações. E como em sua reverência, a proa do Rakuyo se erguia infinitamente alta com o formato de um queixo fino e arrebitado e a bandeira da empresa em tecido verde flutuando em seu cimo. A âncora fora erguida e se agarrava ao seu orifício como um grande e negro caranguejo de ferro.

— Que legal! — gritou Noboru com uma inocente excitação. — Vamos poder ver aquele navio de popa a proa.

— Não fique tão esperançoso. Ainda não sabemos se a carta de apresentação será suficiente.

Pensando nisso mais tarde, desde o momento que viu a extensão do cargueiro Rakuyo, Fusako sentiu seu coração se agitar como nunca havia experimentado antes. "O que será isso? Estou excitada como uma criança." Esse sentimento se apossou dela de forma imediata e desarrazoada, num momento de tanto langor, que apenas erguer a cabeça lhe provocava mais calor e cansaço.

— Ele é de convés corrido. Hum, é um bom navio. — Noboru não conseguia conter o conhecimento guardado em sua cabeça e relatava, uma por uma, coisas nas quais a mãe não tinha nenhum interesse. À medida que mãe e filho se aproximavam, o Rakuyo aos poucos crescia, como em uma grandiosa composição musical. À frente, Noboru subiu correndo a brilhante passarela prateada.

Fusako, no entanto, teve que vagar pelo corredor das cabines dos oficiais, de maneira desavisada, com a carta de apresentação endereçada ao capitão do navio nas mãos. Apesar do ruidoso descarregamento no porão, o corredor úmido e quente estava estranhamente tranquilo.

Nesse instante, da cabine com uma placa onde se lia "Segundo Oficial Tsukazaki", apareceu um homem vestindo uma camisa branca de mangas curtas e portando um quepe.

— Saberia me dizer onde posso encontrar o capitão?
— Ele está ausente. Posso ajudar?

Fusako mostrou a carta de apresentação enquanto Noboru olhava para Tsukazaki com olhos brilhantes.

— Entendi. É uma visita de estudos. Vou lhes apresentar o navio no lugar do capitão — disse Tsukazaki em tom áspero, sem afastar o olhar de Fusako.

Esse foi o primeiro encontro dos dois. Ela se lembraria bem de Tsukazaki naquele momento. No rosto bronzeado de leve, contido e mal-humorado, apenas os olhos se fixavam sobre ela, como se fosse a silhueta de um navio em um distante ponto na linha do horizonte. Pelo menos foi essa a sensação que teve. Olhos que se concentravam no rosto das pessoas diante deles, de maneira por demais incisiva e penetrante, e que sem uma vasta extensão de mar de distância entre ela e o oficial não pareciam naturais. Ela se questionava se olhos que perscrutavam sem cessar o mar seriam mesmo como aqueles. A descoberta de um navio imprevisto, a inquietude e o prazer, prudência e expectativa... Para a embarcação assim espreitada, a incivilidade desse olhar devastador mal poderia ser perdoável apenas pela vastidão do mar entre eles. Ser vista dessa forma fez Fusako estremecer.

Primeiro, Tsukazaki levou os dois à passarela de embarque. Quando subiram ao deque principal, a forte luz solar da tarde de verão dividia obliquamente a escada de ferro. Apontando para os muitos cargueiros atracados ao largo, Noboru repetiu a observação que tinha feito há pouco.

— Todos aqueles navios aguardam sua vez de ancorar, correto?

— Você está certo, garoto. Por vezes têm de esperar até quatro ou cinco dias.

— Quando abre uma vaga no cais, eles são informados por telégrafo?

— Isso mesmo. Recebem um telegrama da empresa. Todos os dias há uma reunião na empresa para decidir sobre as prioridades das atracações.

Fusako ficou desconcertada ao ver nas costas vigorosas de Tsukazaki o suor umedecer a camisa branca em vários pontos, deixando entrever sua carne. Ela estava agradecida a ele por tratar o filho como um adulto, mas se sentia embaraçada quando o oficial se voltava em sua direção, fazendo-lhe perguntas diretas.

— O garoto parece conhecer tudo. Ele deseja se tornar um marinheiro? — Tsukazaki olhou de novo para ela.

Apesar de ele aparentar ser um homem ingênuo e de temperamento indiferente, Fusako tinha dificuldade em avaliar se teria ou não orgulho de sua profissão. Quando, ao abrir a sombrinha para se proteger do sol, Fusako o fitou, teve a impressão de descobrir algo imprevisto sob as escuras sobrancelhas de Tsukazaki. Algo que nunca tinha visto à luz do dia.

— Seria melhor que esquecesse isso. Não há profissão mais maçante... Olhe, garoto, isso é um sextante — disse ele, sem esperar a resposta de Fusako, dando um tapa no instrumento alto e branco com forma de cogumelo.

Ao chegarem à ponte de comando, Noboru queria tocar em tudo: o tubo de comunicação com a casa de máquinas, o giroscópio do piloto automático, as telas dos radares, o registrador de rota. Observava as indicações de PARAR, EM ESPERA, AVANÇAR e as inúmeras outras do instrumento de comunicação com a casa das máquinas, parecendo devanear com os vários perigos da navegação marítima. Também na contígua sala de mapas, maravilhou-se ao ver enfileirados nas estantes os almanaques náuticos, cartas de navegação, planilhas de cálculos astronômicos, tabela das regras portuárias dos portos japoneses, lista de faróis, tabela de marés, livro de vias navegáveis, além das cartas náuticas em uso com marcas de itens apagados desordenadamente com borracha. Muitas das linhas traçadas no mar de forma livre e espontânea iam sendo apagadas em um estranho trabalho. Noboru ficou fascinado com o diário de bordo, onde pequenos semicírculos indicavam o nascer e o pôr do sol e diminutos chifres dourados, o surgir da lua; as marés altas e baixas adotavam o formato de ondas gentis.

Enquanto Noboru se mostrava tão entusiasmado, Fusako permanecia ao lado de Tsukazaki. Dentro da quente e úmida sala de mapas, sentia-se sufocada pelo calor da presença dele. E quando, de repente, caiu a sombrinha com cabo de pele de cobra branca encostada na mesa, foi como se ela própria tivesse tombado desmaiada.

Fusako soltou um grito curto. A sombrinha havia atingido o peito de seu pé.

Ryuji se agachou de imediato para pegá-la. A Fusako pareceu que ele se movia com a lentidão de um mergulhador. Ele segurou a sombrinha e seu quepe branco emergia devagar do fundo desse mar onde havia permanecido sem respirar...

O gerente Shibuya empurrou as portas venezianas e enfiou de maneira oblíqua seu rosto afetado e de profundas rugas para anunciar:

— Yoriko Kasuga chegou.

— Está bem. Já vou.

Sendo chamada de forma assim abrupta, Fusako se arrependeu de ter dado uma resposta irrefletida.

De pé, examinou o rosto no espelho de parede. Sentiu como se ainda estivesse naquela sala de mapas.

Yoriko estava no pátio ao lado de uma dama de companhia. Portava um enorme chapéu no formato de girassol.

— Deixo a escolha em suas mãos, *mama-san*. Eu sozinha não...

Fusako se sentia mal ao ser chamada assim, como se fosse a proprietária de um bar. Desceu com vagar as escadas e se pôs à frente de Yoriko.

— Seja bem-vinda. Também hoje faz um calor terrível.

Yoriko reclamou da temperatura mortífera e da multidão no cais durante as filmagens. Fusako ficou consternada ao logo imaginar Ryuji no meio das pessoas.

— Foram trinta tomadas pela manhã. Já não aguentava mais. E o diretor Kida chama isso de filmagem rápida.

— Será um bom filme?

— Duvido muito. Não é do tipo que concorre a prêmios.

Nos últimos anos, Yuriko só pensava em ganhar um prêmio de melhor atriz e mesmo os presentes de hoje eram para os membros de uma comissão julgadora, tipo de "gesto" que lhe era bem próprio. Tinha propensão a acreditar em todo tipo de escândalo, exceto aqueles em que ela mesma estivesse envolvida, o que levava a supor que consideraria entregar seu corpo sem hesitação a todos os membros do júri caso entendesse haver nisso verdadeira eficácia.

Yoriko lutava para manter uma família de dez pessoas que dependiam dela, sendo ao mesmo tempo linda, de compleição alta e forte e fácil de ser enganada. Fusako conhecia bem a solidão daquela mulher. Ainda assim, deixando de lado o fato de ser uma cliente, Fusako a considerava uma mulher muito difícil de suportar.

Todavia Fusako estava hoje de uma gentileza paralisante. A vulgaridade e os defeitos de Yoriko continuavam a ser evidentes a seus olhos, mas tão frios e dignos de perdão como um peixinho-dourado nadando em um aquário:

— Como o outono se aproxima, pensei que suéteres seriam a melhor escolha, mas, como supostamente seriam presentes de um festival de cinema de verão, optei por gravatas Calden, algumas camisas polo e canetas esferográficas de quatro cores e, para as senhoras, não há como errar com perfumes. Deixei todos os artigos preparados. Seja como for, vou lhe mostrar.

— Não, não tenho tempo para isso. Preciso correr para engolir às pressas alguma coisa como almoço. Deixo por sua conta. O mais importante são as caixas e o papel de embrulho, são a essência do presente.

— Não descuidaremos deles.

Logo após Yoriko Kasuga partir, apareceu a secretária do diretor-presidente dos Armazéns Yokohama e, depois, apenas alguns clientes aleatórios.

Fusako mandou trazer ao escritório o sanduíche e o chá que costumava encomendar como refeição leve na doceria alemã situada bem em frente à loja. Com o prato à sua frente, voltou a ficar sozinha.

Acomodando o corpo várias vezes na cadeira, como quem tenta entrar debaixo das cobertas e continuar um sonho interrompido, retornou com facilidade até o momento em que estava de pé na passarela de embarque do Rakuyo, dois dias atrás.

Guiados por Tsukazaki, mãe e filho assistiram ao trabalho de estiva. Desceram até o convés e de lá observaram o içamento da carga do porão número 4. O compartimento tinha uma enorme e sombria abertura, como se dividisse o chão sob seus pés exatamente para a esquerda e para a direita. Do outro lado, um homem com um capacete amarelo sobre uma prancha projetada, logo abaixo deles, orientava com gestos de mão os movimentos do guincho.

No fundo do navio, imersos na penumbra, por toda parte reluziam indistintos os corpos seminus dos estivadores. Para chegarem até o lado de fora, os guinchos dos guindastes agarravam os volumes e erguiam bem alto, balançando-os através da abertura do porão. Os raios solares sobre a carga sendo deslocada pelo ar formavam sombras de inusitada velocidade, que deslizavam em faixas ligeiras por cima da barcaça que aguardava perto do navio.

A preparação de terrível lentidão e a fuga súbita de cada fardo gigantesco. O brilho perigoso e refrescante dos cabos de aço desgastados. Fusako admirava tudo com a sombrinha aberta apoiada sobre o ombro.

Sentia como se o guincho possante do guindaste carregasse as inúmeras cargas pesadas tiradas sem parar de dentro de si, levantando-as de maneira rápida e doce, uma após a outra, como resultado de um preparo longo e cuidadoso. Fusako vibrava ao ver de repente flutuar pelo ar os volumes que até agora imaginava impossíveis de serem movidos. Que esse fosse o destino das cargas era evidente, mas, por outro lado, era também um milagre indigno. "Fica cada vez mais vazio", pensou Fusako. O avanço seguia sem piedade, mas tinha momentos de bastante hesitação e ociosidade, outros longos e intensos, de calor a ponto de embotar os sentidos.

Ela por certo disse então:

— Obrigada por nos acompanhar apesar de estar ocupado. Gostaria de agradecer convidando-o para jantar em algum local amanhã, se estiver livre.

Sem dúvida Fusako disse de forma bastante impessoal e imbuída de etiqueta social, mas aos ouvidos de Tsukazaki as palavras soaram como o delírio de uma mulher exaurida pelo calor. Fitou-a com olhos verdadeiramente sinceros e suspeitosos.

"O jantar ontem à noite no New Grand Hotel", pensava Fusako. "Ainda apenas um jantar de agradecimento. Ele comeu com a etiqueta própria de um oficial. O longo passeio em seguida. Ele propôs me acompanhar até em casa, mas, chegando ao novo parque na colina no distrito de Yamate, ainda não tínhamos decidido nos separar e nos sentamos em um banco com vista para o porto. Tivemos então uma longa conversa. Falamos sobre todos os assuntos. Eu não havia conversado tanto com um homem desde a morte de meu esposo..."

Capítulo 4

Depois de se separar de Fusako a caminho do trabalho, Ryuji voltou brevemente ao navio. Sem imaginar algo para passar o tempo, tomou um táxi que circulou pelo distrito, vazio devido ao sol forte de verão, subindo até a colina de Yamate, onde permaneceu no mesmo parque da noite anterior até o horário em que combinaram de se encontrar após a loja fechar.

Havia poucas pessoas no parque sob o sol escaldante. A pequena fonte do bebedouro transbordava, tingindo de negro o caminho de pedras; cigarras ciciavam nos ciprestes suportados por novas colunas, e, diante dos olhos, o porto se estendia emitindo densos rumores. Em pleno meio-dia, Ryuji acabou cobrindo por completo a paisagem do porto com suas lembranças da véspera.

Seu coração tomava o rumo da noite passada. Ele saboreou as lembranças repetidas vezes.

"Como pude ser tão desastrado com as palavras ontem?", repetia, sem sequer enxugar o suor, o pensamento enquanto retirava com a unha um pequeno fragmento do papel do cigarro, quente e seco, colado a um canto do lábio.

Não tinha conseguido falar com ela sobre sua noção de glória e de morte, a nostalgia e os desejos ocultos em seu peito largo, as gigantescas e sombrias emoções que o sufocavam no balanço do mar. A cada intenção de falar sobre essas coisas, fracassava. Por exemplo, na ocasião em que seu peito se tingiu do vermelho do esplendoroso pôr do sol no porto de Manila, quando mesmo se sentindo um homem insignificante, nesse momento confiou em si como alguém escolhido por ser ímpar, ainda que incapaz em absoluto de discorrer sobre essa autoconfiança.

Lembrou-se de Fusako indagar o motivo de não haver se casado e de ter respondido com um sorriso ambíguo sobre a dificuldade de achar uma mulher disposta a viver com um marinheiro.

O que na realidade ele pensou em dizer naquele instante foi:

— Todos os meus colegas já têm dois ou três filhos. E dezenas de vezes leem as cartas recebidas da família contendo os desenhos de casas, sóis e flores feitos pelos filhos. São pessoas que descartaram suas oportunidades. Eu nunca fiz nada em especial, mas vivi até hoje acreditando ser apenas um homem. E, como homem, um dia uma trombeta límpida e solitária soará ao alvorecer, uma espessa nuvem permeada de luz baixará, e a voz aguda e distante da glória vai bradar meu nome. Quando isso acontecer, precisarei saltar da cama e partir sozinho. Sempre pensei dessa forma e, ao dar por mim, já tinha passado dos trinta anos.

Mas ele não dissera nada disso. Em parte, por acreditar que a mulher não compreenderia.

Tampouco falou sobre a visão de amor ideal, cultivado de modo irrazoável e inocente no fundo de si mesmo, em que o homem só encontra a mulher suprema uma vez na vida, sendo inevitável que a morte se interponha entre eles, pois não sabem que ambos são fatalmente atraídos para ela. Era provável que esse sonho patético tivesse sido exacerbado pelas modinhas da época, mas em certo momento o sonho se solidificou dentro de sua cabeça, misturado e fundido a muitas outras coisas: a força obscura das marés, o rugir do maremoto se aproximando, ao largo, a frustração do quebrar das ondas altas, altas, altas.

Ryuji achou que a mulher diante de seus olhos era assim. Não foi capaz, porém, de verbalizá-lo.

Em meio a essa grande fantasia guardada em segredo por longo tempo, ele, no ápice da masculinidade, e ela, no ápice da feminilidade, oriundos cada qual de um canto do mundo, os dois se encontraram por acaso e a morte os uniu. Afastando-se dos adeuses banais sob a luz dos vagalumes e o som dos gongos, e da benevolente paixão dos marinheiros, eles deviam descer até o fundo da imensa fossa oceânica de seus corações, onde ninguém jamais havia penetrado.

Mas também não conseguira contar a Fusako sequer esse fragmento aparentemente insano de suas ideias. Em vez disso, falou:

— Quando, no meio de uma longa viagem marítima, passamos rápido pela cozinha e vemos de relance folhas de nabos e rabanetes, esse verde nos aperta forte o peito. Na realidade, sentimos vontade de glorificá-lo.

— Deve ser assim mesmo. Creio poder compreender bem o que você sente — concordou Fusako de maneira cordial. Permeava na voz dela nessa hora a alegria do consolo feminino.

Ryuji tomou emprestado o leque de Fusako e espantou os mosquitos sobre seus pés. Ao longe, bruxuleavam as luzes nos mastros dos navios ancorados e as lâmpadas de cada armazém alinhavam-se ordenadas.

Ele poderia ter falado da estranha paixão que de súbito se apodera de alguém pela nuca e o transporta até um estado tal de destemor da morte. Mas, em lugar disso, acabou estalando a língua e discorrendo de modo espontâneo sobre a pobreza que vivenciara.

O pai, funcionário de uma subprefeitura de Tóquio, havia criado sozinho Ryuji e a irmã após a morte da mãe. Todas as despesas escolares dependeram do esforço das horas extras cumpridas pelo debilitado pai. A despeito de tudo, o filho se tornou um jovem vigoroso. A casa foi incendiada nos ataques aéreos durante a guerra e em seguida a irmã morreu de tifo. Ryuji conseguiu depois se formar pela escola de ensino médio da Marinha Mercante e estava prestes a se tornar independente quando o pai faleceu de modo repentino. Como um infinito campo devastado, as lembranças de sua vida eram repletas de pobreza, doença e morte. Foi assim que acabou por se libertar por completo da terra firme. Era a primeira vez que falava sobre essas coisas dessa maneira a uma mulher.

Quando discorria sobre sua miséria pessoal com um sentimento de triunfo um pouco desnecessário, Ryuji evocava em um canto do peito o valor de suas economias e, pondo de lado a força e benfeitorias do mar, não podia se furtar a falar sobre o orgulho sentido, como um homem comum, por seu esforço pessoal. Essa era outra forma de expressar seu coração vaidoso.

Ryuji pensou em falar sobre o mar, talvez da seguinte forma:

— Mais do que tudo, foi graças ao mar que comecei a pensar secretamente sobre um amor pelo qual valesse a pena morrer, um amor que consumisse o corpo. Passei a valorizar bastante essas ideias. Trancados em um navio de ferro, o mar à nossa volta em muito se assemelha a uma mulher: as calmarias e tempestades, os caprichos, a beleza de seu torso refletindo o pôr do sol. Mas enquanto o navio em que estamos embarcados avança, ele é em geral recusado pelo mar e, apesar do volume infinito de água, não basta para aplacar a sede. Embora envolto por todos os elementos naturais reminiscentes de uma mulher, o marinheiro está sempre distante do real corpo feminino. É essa a causa. Eu sei disso.

Contudo, em vez dessa explicação cuidadosa, o que saiu de sua boca não passou de alguns versos de uma canção sempre entoada:

"Decidi ser um homem do mar
Vendo a cidade portuária se distanciar"

— Acha estranha? É minha canção predileta.
— É uma ótima canção — disse Fusako, mas Ryuji pensou: "Esta mulher protege minha autoestima. É visível que ouve a canção pela primeira vez, mas finge estar familiarizada. Não pode adivinhar o sentimento que essa canção provoca em meu âmago, a emoção pungente que me faz por vezes chorar e que penetra até as trevas de meu coração de homem. Bem, sendo assim, eu a verei apenas como carne."

Olhando bem, não havia carne tão delicada e perfumada.

Fusako vestia um quimono de renda de seda preta com fundo carmesim, preso por um *obi* de brocado branco. Seu rosto níveo flutuava fresco em meio à penumbra. Era sedutor o carmesim visto através da renda preta, sua presença inundava o ar ao redor com uma feminina leveza. Ryuji jamais tinha visto até então uma mulher tão luxuosa e elegante.

A cada tênue movimento do corpo, o ângulo das distantes luzes de mercúrio variava e o fundo carmesim se transformava em um violeta escuro. Era possível sentir a calma respiração da mulher na sombra profunda das dobras do tecido. Carregada por uma leve brisa, a fragrância do perfume misturado ao suor parecia clamar: MORRA! MORRA! MORRA! Ela movimentava a delicada ponta dos dedos de forma sorrateira e relutante, mas Ryuji imaginou o momento em que de repente eles se transformariam em dedos de fogo.

O nariz perfeito, os lábios primorosos. Como a pedra colocada no tabuleiro por um jogador de *go* após cuidadosa reflexão, Ryuji via cada pormenor da beleza de Fusako sendo posto na indistinta escuridão. Seus olhos calmos e frios, em que a terrível frieza era a própria lascívia. Olhos de indiferença em relação ao mundo, mas que, pelo contrário, demonstravam a curiosidade de alguém disposto a sacrifícios pessoais. Olhos que, desde que ela concordara em jantar na noite anterior, haviam perseguido Ryuji e não o deixaram dormir.

E que ombros sensuais. Como a linha costeira, sem bem definir, iniciavam suavemente na proeminência de seu queixo, modelados com dignidade para que uma seda pudesse por eles deslizar e cair.

"Quando eu segurar seus seios", pensou Ryuji, "eles por certo vão se aninhar, suados e pesados, na palma das minhas mãos. Sinto-me responsável por toda a carne dessa mulher. Toda ela é algo que devo cuidar por estar repleta de um mimo doce e exigente. Tremo com a doçura maravilhosa de ter essa mulher aqui. Ao sentir meu tremor, ela vai se inclinar como a folha da árvore soprada pelo vento até mostrar o reverso branco daqueles seus olhos."

Uma ideia estranha e tola irrompeu sua mente. Em certa ocasião, seu comandante lhe contou um episódio pelo qual passara em Veneza. Ele visitava um lindo pequeno palácio durante a maré alta e se espantou ao ver o piso de mármore do andar térreo inundado.

Ryuji quase chegou a dizer: "Um lindo pequeno palácio inundado."

— Por favor, fale mais — pediu Fusako.

Ao ouvir esse pedido, Ryuji nada disse, mas soube que poderia beijar os lábios da mulher. O movimento macio e quente dos lábios a cada beijo, a cada toque, apresentava minúsculas diferenças, mostrando em ângulos sutis o interior de cada um, acabando urdido num fio de suavidade e doçura. As mãos grossas de Ryuji acariciavam os ombros, até então apenas vislumbrados, agora mais reais do que em qualquer sonho.

Como um inseto que dobra suas asas, Fusako cerrou os longos cílios. "Enlouquecedora felicidade", pensou Ryuji. Felicidade que o deixava sem saber como agir. Pouco tempo atrás parecia que a respiração de Fusako que se elevava até os lábios vinha do peito, mas gradualmente esse calor e odor mudaram, como se o ar fosse proveniente do fundo mais impenetrável de seu corpo. O combustível dessa respiração era muito diferente daquele de antes.

Eles se tocavam e colidiam um contra o outro com movimentos inábeis e impacientes, à semelhança de animais selvagens cercados pelo fogo. Os lábios de Fusako tornaram-se cada vez mais suaves e levaram Ryuji a pensar que não se importaria de morrer naquele momento. Apenas ao de leve roçarem as pontas frias dos narizes, Ryuji afinal se deu conta do sabor espirituoso da dura existência de suas carnes distintas.

— Que acha de passar a noite lá em casa? É aquela cujo telhado se avista daqui.

Ryuji não fazia ideia de quanto tempo havia se passado até Fusako apontar o telhado de ardósia erguendo-se para além das árvores na orla do parque.

Os dois se levantaram e olharam ao redor. Ryuji colocou o quepe na cabeça de maneira descuidada e passou o braço por cima dos ombros dela. Não havia vivalma no parque e os fachos de luz vermelha e verde do holofote giratório instalado sobre a Marine Tower varriam os bancos de pedra vazios, bebedouros, canteiros de flores e degraus de pedra branca.

Por hábito, Ryuji olhou o relógio. Passava um pouco das dez pelos ponteiros no mostrador banhado pela luz vaga vinda de fora do parque. Em sua rotina, teria mais duas horas até o turno da madrugada.

Não podia mais suportar o calor. O sol se dirigia para oeste queimando sua nuca.

Tinha trocado de roupa no navio e saíra com uma camisa de mangas curtas e sem o quepe. O primeiro oficial lhe concedera dois dias de folga, designando o terceiro oficial para o seu lugar desde que Ryuji o substituísse no porto seguinte. Como preparativo para o compromisso à noite com Fusako, Ryuji havia trazido consigo um paletó esporte e uma gravata, mas sua camisa já estava encharcada de suor.

Olhou o relógio. Ainda eram quatro horas. Tinha duas horas até o horário marcado. Combinaram de se encontrar em uma casa de chá na avenida Motomachi que, segundo Fusako, tinha instalado um aparelho de tevê a cores. Mas os programas naquele horário do dia não seriam suficientes para matar duas horas de espera.

Ele se levantou e recostou em uma coluna do parque para contemplar o porto. Na rua dos armazéns, as sombras dos telhados de três pontas se estendiam sobre o aterro a distância. Viu a vela branca de um iate retornando à marina. O volume de nuvens sobre o largo era insuficiente para provocar um temporal ao final da tarde, mas naquele momento o sol poente esculpia em seu branco imaculado o que parecia ser um feixe de músculos retesados.

Relembrando uma travessura de seus tempos de criança, Ryuji desceu até o bebedouro a um canto do parque e apertando com o dedo o bocal da torneira fez esguichar um leque de água por sobre as dálias, os crisântemos brancos e as conteiras de aspecto abatido devido ao calor. As folhas brilharam, surgiu um pequeno arco-íris e com a força do jato d'água as flores se inclinaram para trás.

Sem se importar em molhar a camisa, divertiu-se girando a mão para que o jato atingisse seus cabelos, rosto e pescoço. A água escorreu para o peito e estômago, criando uma indescritível sensação de frescor sobre o torso. Como um cão, Ryuji sacudiu o corpo com força, pegou o paletó e se dirigiu para a saída do parque. Apesar de encharcada, a camisa acabaria secando ao longo do caminho.

Ao sair do parque, Ryuji se surpreendeu com a calma das casas alinhadas, cobertas por telhados sólidos e cercadas por muros. Como sempre, toda a vida em terra lhe parecia extremamente abstrata e irreal. Mesmo quando, de relance, espiava pelas portas das cozinhas o brilho das panelas polidas, tudo carecia de concretude. Sentia também seus desejos carnais como abstração, por mais que fossem físicos; e apenas as lembranças, modificadas a cada instante, cintilavam puras como sal cristalizado na superfície, brilhando sob o forte sol de verão.

"Decerto esta noite dormirei de novo com Fusako. Talvez nesta última noite de folga não pregarei o olho um instante sequer. O navio partirá amanhã à noitinha. *É provável* que me evapore mais rápido do que as lembranças, graças a essas duas noites inimagináveis."

O calor não lhe causava sonolência e, enquanto caminhava, a cada lembrança seu desejo carnal despertava. Por pouco não conseguiu evitar ser atropelado por um grande carro importado que subia a ladeira.

Nesse momento, Ryuji viu um grupo de meninos sair correndo de uma ruela no início da subida. Um deles pareceu ficar petrificado ao vê-lo. Era Noboru.

Ao parar, as rótulas dos joelhos infantis sob o short se enrijeceram de modo abrupto. Ryuji observou o tenso rosto crispado do menino. Pela manhã, Fusako havia dito: "Tive a impressão de que Noboru sabia." Ao lembrar essas palavras, Ryuji lutou contra si mesmo e, numa fração de segundo, se viu desajeitado em frente ao menino, rindo com exagero.

— Ah, que coincidência! Nadou bastante?

O menino não respondeu e fixou os olhos límpidos e indiferentes sobre a camisa molhada de Ryuji.

— O que houve para estar tão molhado?

— Ah, isso? — Ryuji riu de novo sem necessidade. — Tomei um banho no parque com a água do bebedouro.

Capítulo 5

Foi desagradável para Noboru ter dado de cara com Ryuji no parque. Imaginou o que poderia fazer para que o marinheiro não comentasse com a mãe sobre o encontro. Hoje ele não fora nadar em Kamakura. E no grupo de meninos que Ryuji vira, estava também o chefe. Mas isso não tinha importância, afinal quem os visse não poderia distinguir entre eles quem era o chefe.

Saíram esta manhã levando merenda e foram até o píer Yamauchi, no distrito de Kanagawa. Por um tempo ficaram zanzando pela linha de manobra de trens atrás dos armazéns antes de iniciar a reunião de sempre para discutir sobre a inutilidade do ser humano, a insignificância total da vida e coisas do gênero. Gostavam desses locais de reunião pouco seguros, onde poderia haver alguma súbita intrusão.

O chefe, o número um, o número dois, o número três — ou seja, Noboru —, o número quatro e o número cinco: todos os seis eram meninos de baixa estatura e delicados, além de bastante estudiosos. Os professores elogiavam esse grupo excelente, tomando seus membros como exemplo para incentivar alunos menos talentosos.

Aquele local de reunião havia sido descoberto pelo número dois e todos tinham gostado, a começar pelo chefe. Em um terreno abandonado, atrás do galpão número 1 administrado pelo município de Yamauchi, passavam trilhos de trem, vermelhos de ferrugem, em meio a altos crisântemos silvestres, um comutador de linha também enferrujado e alguns pneus velhos abandonados, expostos a intempéries. Parecia uma linha ferroviária há muito desativada.

No pequeno jardim em frente ao escritório do armazém, as flores das conteiras vistas a distância pareciam pegar fogo. Eram chamas fadadas a desaparecer no verão que chegava ao fim. Enquanto pudessem ser avistadas, os meninos se sentiam tolhidos sob os olhos do vigia, até se virarem e avançarem pela linha de manobra. Os trilhos terminavam diante do portão preto firmemente fechado de um armazém. Ao lado dele, havia numerosos tambores de aço empilhados. Próximo desses cilindros vermelho-vivos, amarelos e marrom-escuros, os meninos se encontraram em um exíguo terreno gramado e se sentaram, afastados do olhar das pessoas. Os fortes raios de sol atingiam o alto do telhado do armazém, mas onde estavam ainda havia sombra.

— O sujeito é mesmo incrível. É como uma besta fantástica saída do mar com o corpo ainda molhado. Eu o vi transando com minha mãe. — Noboru contou excitado detalhes da noite anterior. Sentiu-se satisfeito por constatar que todos ouviam com atenção suas palavras, olhando fixo para ele, embora com aparente indiferença nos rostos.

— Esse é o seu herói? — perguntou o chefe ao acabar de ouvir o relato, contorcendo ligeiramente os lábios finos e vermelhos. — Neste mundo não existem heróis, você não sabia?

— Mas com certeza fará algo.

— O quê?

— Não sei bem, mas algum dia fará algo espetacular.

— Não seja tolo. Um cara como ele não vai fazer nada. Deve estar de olho no dinheiro da velha. Vai roê-la até os ossos e, depois que conseguir seu intento, vai dar um chute no traseiro dela. É isso que vai acontecer.

— Apenas isso já seria alguma coisa, não? Pelo menos é algo que nós mesmos não poderíamos fazer.

— Suas ideias sobre as pessoas ainda são muito ingênuas — afirmou com frieza o chefe de treze anos. — Se nós não conseguimos, que dirá um adulto. Há um selo enorme denominado "impossível" colado neste mundo. Quem pode em última análise descolá-lo somos apenas nós, e você não deve se esquecer disso.

Todos ouviam calados e admirados.

— E seus pais? — perguntou o chefe, dirigindo-se ao número dois. — Como sempre, eles se recusam a comprar para você a espingarda de ar comprimido?

— Sim, é desesperador — respondeu o número dois em um tom como se estivesse se consolando enquanto abraçava os joelhos.

— Eles alegam que é perigoso.

— Ah...

— Que besteira. — Surgiram fundas covinhas nas faces do chefe, brancas, apesar do verão. — Eles não sabem o que significa perigo. Acham que é algo que possa ferir o mundo físico, fazer escorrer um pouco de sangue e ser noticiado pelos jornais com estardalhaço. O que é isso afinal? O verdadeiro perigo é viver, nada mais do que isso. Viver não passa do caos da existência, mas a cada segundo a existência se desmantela de volta à desordem inicial, já que o verdadeiro e insano trabalho é usar essa insegurança como isca, procurando recriar a existência a cada instante. Tarefa assim arriscada não existe em lugar algum. Apesar de não haver insegurança na própria existência, a vida a cria. A sociedade é originalmente destituída de significado, um banho misto de homens e mulheres nas termas romanas. A escola é o seu protótipo... E é por isso que recebemos ordens sem cessar. Os cegos mandam em nós, acabando por esfacelar nossa ilimitada capacidade.

— E como é no caso do mar? — perguntou Noboru, o número três, insistindo na ideia. — E em um navio? Ontem à noite percebi com clareza a relação interna com o mundo à qual você uma vez se referiu.

— O mar deve ser tolerado — disse o chefe, enchendo os pulmões do ar marinho que trespassava os armazéns. — Com certeza, mesmo entre as poucas coisas toleráveis, é algo a se suportar em caráter extraordinário. E como seria com os navios? Em que os navios são diferentes dos carros?

— Você não entende.

— Hein? — Entre as sobrancelhas em formato de lua crescente apareceu uma expressão de alguém incapaz de suportar o orgulho ferido. Sob protestos, a aparência artificial de suas sobrancelhas era delineada pelo barbeiro que com cuidado raspava a testa, na parte acima das pálpebras. — Hum, quer dizer que tem coisas que eu não entendo. Com que direito você pensa algo assim?

— Vamos almoçar — propôs o número cinco com seu jeito tranquilo.

Cada um abriu a caixa de merenda sobre os joelhos. Nesse momento, sobre a marmita de Noboru se projetou uma sombra que até então ele não tinha percebido. Espantado, olhou para o alto. O velho vigilante do armazém, de camisa cáqui suja, olhava para os meninos com os cotovelos apoiados sobre um tambor.

— Ei, garotos. Vieram fazer piquenique em um lugar bem sujo, não?

O chefe, em uma atitude muito tranquila, dirigiu ao vigia o sorriso límpido de estudante exemplar.

— É proibido permanecer aqui? Viemos ver os navios e procuramos uma sombra onde pudéssemos almoçar.

— Podem ficar, podem ficar. Apenas não joguem por aí no chão as embalagens das merendas.
— Claro.
Todos sorriram com o ar inocente das crianças.
— Vamos comer tudo, até as embalagens, não é pessoal?
Quando as costas curvadas do vigia do armazém se afastaram, cruzando a linha divisória entre a sombra e a luz do sol, o número quatro disse, estalando a língua:
— Esse tipo de cara é muito comum. É dos que gostam de crianças vulgares e deve estar se sentindo fantasticamente magnânimo.

Os seis compartilharam os sanduíches, o chá frio da pequena garrafa térmica e várias outras coisas que trouxeram, de acordo com o gosto de cada um. Inúmeros pardais sobrevoavam a linha de manobra, chegando bem próximo do círculo dos meninos. Por orgulho de serem impiedosos, nenhum deles dividiu um pouco da comida com os pássaros.

Como filhos de "boas famílias", a merenda era rica e bem variada a ponto de Noboru se sentir envergonhado de seu sanduíche um pouco simples. Os meninos se sentavam de pernas cruzadas, uns de shorts, outros de calças jeans. A delgada garganta do chefe se movimentava de forma penosa ao engolir a comida.

Fazia um calor terrível. O sol já brilhava bem acima dos armazéns e seus beirais estreitos mal protegiam os meninos.

Noboru mastigava a comida com pressa, repetindo um hábito reprovado com insistência pela mãe. Mesmo assim, enquanto comia com ardor como se quisesse devorar o sol, revia em sua mente a imagem perfeita observada na noite anterior. Aquela quase fora a manifestação de um céu de absoluto azul em plena madrugada. De maneira categórica, o chefe afirmava que nada de novo poderia surgir, não importando para onde se fosse no planeta, mas Noboru ainda acreditava em aventuras nas zonas interioranas dos trópicos. Conjecturava também existir um mercado de cores vibrantes em meio ao clamor e rebuliço de um porto qualquer, onde homens negros carregariam, em seus braços lustrosos, bananas e papagaios à venda.

— Você devaneia enquanto come, não é? Que hábito infantil — disse o chefe com um sorriso de desprezo. Flagrado com o que lhe passava na cabeça, Noboru foi incapaz de responder.

"Como estamos treinando insensibilidade, seria tolice ficar irritado", pensou Noboru, resignado.

Devido aos treinamentos acumulados, Noboru em geral não se espantava com nada de cunho sexual, nem mesmo com a cena da noite anterior. Até então, o chefe se esforçara bastante para que ninguém do grupo se surpreendesse com algo do gênero. Trouxe fotos conseguidas sabe-se lá onde, com todo tipo de posições sexuais e bizarras técnicas de preliminares ao coito, explicando tudo aos demais, com delicadeza e detalhes, sobre a ausência de significado e irrelevância desses atos.

Em geral, um professor desses assuntos costumava ser algum rapaz da turma, de compleição maior, cujo corpo havia crescido mais rápido que o dos colegas, mas os métodos inteligentes escolhidos pelo chefe eram bem diferentes. Afirmava que haviam sido dotados de órgãos reprodutores masculinos para copularem com o universo da Via Láctea. E seus pelos púbicos, de raízes azuladas no interior da pele branca, cresciam alguns já fortes e escuros para que, no momento da violação, fizessem cócegas na tímida poeira de estrelas. Eles se abandonavam ao prazer desses delírios divinos e desdenhavam dos meninos da mesma série, sujos e miseráveis, tomados de curiosidade sexual.

— Quando acabarmos de comer, iremos para minha casa. Todos os preparativos foram concluídos para aquilo — anunciou o chefe.

— Já tem um gato?

— A partir de agora vamos procurar um. Tudo vai acontecer daqui em diante.

***

A casa do chefe se situava próximo à de Noboru e precisavam tomar um trem para chegar lá, mas gostavam do longo passeio despropositado e enfadonho.

Os pais do chefe estavam sempre ausentes e a casa vivia deserta quando a visitavam. Como um menino solitário, aos treze anos o chefe já havia lido todos os livros da casa e se entediava. Declarava saber o conteúdo de um livro apenas pela capa.

Havia sinais de que sua ideia acerca da completa efemeridade do mundo fora cultivada graças à casa vazia. Raras eram as residências como essa, com entrada e saída livres e com os quartos friamente arrumados. A bem da verdade, Noboru sentia medo de ir sozinho ao banheiro nessa casa onde as sirenes do porto ressoavam de um quarto vazio para o outro.

Por vezes, o chefe conduzia os colegas ao escritório do pai e sentado à mesa, onde havia um lindo conjunto para escrita feito de couro marroquino, ia e vinha compenetrado com a caneta até o vidro de tinta, escrevendo diversos tópicos de discussão no papel com timbre de cobre. Ao cometer um erro, amassava sem remorsos a espessa folha de papel ocidental e a atirava na lixeira.

— Não vão ralhar com você por fazer isso? — perguntou Noboru, mas foi agraciado apenas com silêncio e um sarcástico sorriso.

No entanto, eles todos adoravam a grande edícula no quintal dos fundos, de seus quinze metros quadrados, e podiam ir até lá sem ser vistos pela criada. Para além dos velhos materiais espalhados e desnecessários móveis, das prateleiras repletas de ferramentas de carpintaria, de antigas garrafas de bebida e revistas estrangeiras, eles podiam se sentar no piso nu e sentir a frieza da terra úmida e escura direto nas suas nádegas.

Após uma hora à procura de um gato, encontraram um vira-lata de pelo malhado miando fraco, miúdo a ponto de caber na palma da mão.

Por terem transpirado muito, os meninos tiraram as roupas e se lavaram na pia a um canto da edícula. Durante esse tempo, o gatinho passou de mão em mão. Noboru sentiu contra seu peito nu e molhado os batimentos vívidos do tépido coração do animalzinho. Era como se o felino tivesse roubado e trazido de fora da edícula um pouco da escura essência da forte luz solar, de uma ofegante e descompromissada alegria.

— Como vamos matá-lo?

— Ali tem um pedaço de madeira. Podemos usá-lo para bater até matá-lo. Vai ser fácil. Número três, é com você.

Era a oportunidade para provar que o coração de Noboru era duro e mais frio que o polo Norte. Apesar de ter acabado de tomar banho, já transpirava. Sentiu a intenção de matar como uma matinal brisa marinha soprando através do peito e o próprio tronco, oco como um varal de ferro repleto de camisas brancas estendidas tremulando ao sabor do vento. Nesse momento, ele já deveria estar matando, quebrando a corrente interminável das repugnantes proibições sociais.

Noboru segurou o gato pelo pescoço e se pôs em pé. O bicho se mantinha silencioso, dependurado pelos dedos do menino.

Examinou se não surgiria piedade em seu coração, mas sentiu alívio. Como a luz na janela de vidro de uma casa vista de um trem expresso que cintila a distância por apenas um instante para logo em seguida desaparecer.

O chefe havia muito insistia sobre a necessidade de atos como aquele para preencher os vazios do mundo. Ainda que para outros nada mais houvesse, o assassinato seria o meio de preencher essas frestas abertas, da mesma forma como uma rachadura ocupa toda a face de um espelho. E assim eles poderiam obter um poder real sobre a existência.

Decidido, Noboru levantou o gato muito alto e o bateu contra o pedaço de madeira. A coisa morna e macia cortou o ar num voo admirável. Em seus dedos, no entanto, perdurou a leve sensação dos pelos macios.

— Ele ainda não morreu. De novo — disse o chefe.

Os cinco meninos nus, espalhados pela penumbra de toda a edícula, mantinham os olhos imóveis e brilhantes.

Aquilo que Noboru mais uma vez levantou já não era mais um gato. Uma força resplandecente o tomava até as pontas de seus dedos e então ele só teve que descrever um trajeto nítido e bater com ele inúmeras vezes contra o pedaço de madeira. Sentiu-se transformado em um grande e maravilhoso homem. Apenas no segundo golpe, o gato soltou um único miado abafado. Suas patas traseiras estremeceram, traçando amplas e suaves curvas no chão de terra batida até afinal se aquietarem. O sangue respingado sobre a madeira deleitou os meninos.

Como se mirasse o interior de um poço profundo, Noboru contemplou o cadáver do gato caindo no pequeno orifício da morte. No modo com que se aproximou do focinho do gato, sentiu que, intensificada pela coragem, a ternura era assim serena, quase uma gentileza. Da boca e narinas do gato malhado escorria um sangue escuro e a língua contraída estava presa com firmeza ao palato superior.

— Vamos, aproximem-se. Agora é a minha vez.

Sem que ninguém notasse, o chefe já havia posto as luvas de borracha e, segurando uma tesoura, inclinou-se sobre o cadáver do felino. De fria dignidade intelectual, a esplêndida tesoura brilhava na penumbra da edícula em meio às pilhas de móveis e revistas velhas. Noboru não poderia imaginar uma arma letal mais apropriada ao chefe.

Agarrando o pescoço do gato com uma das mãos, ele perfurou o peito com a ponta da lâmina da tesoura e fez um corte suave que subia até a garganta, empurrando depois a pele para os lados com ambas as mãos. O interior branco e lustroso apareceu como um broto de bambu descascado. O pescoço gracioso destituído de pele parecia ter a máscara de um gato caída de lado.

O gato era apenas uma aparência. Sua vida, o disfarce de um gato.

Mas, para além da superfície, esse interior de uma plácida inexpressividade estava em perfeita conformidade com Noboru e os demais meninos. Sentiam o próprio interior obscuro, confuso e ainda vivo, projetando uma sombra sobre essa existência luminosamente branca e tranquila, como um navio que se projeta sobre a água. Ali os meninos e o gato, ou, para ser mais exato, aquilo que fora um gato, se vinculavam de maneira íntima pela primeira vez.

De forma gradual, o endotélio foi sendo exposto sem repugnância alguma em sua beleza translúcida de madrepérola. Viam-se através dele as costelas e sob o omento maior o estômago se movimentando cálida e familiarmente.

— O que acham? Está desnudo demais, não? Não é muito legal estar tão nu. Parece uma grande falta de educação — disse o chefe, empurrando para os lados a pele do tronco do animal com as mãos enluvadas.

— É mesmo uma indecência — disse o número dois, imitando o chefe.

Noboru comparou o cadáver diante dos olhos, vinculado ao mundo pela sua total nudez, com as insuperáveis figuras despidas do homem e de sua mãe que tinha observado na noite anterior. Comparada a esta, a nudez de ambos ainda não fora suficiente. A deles estava envolta por pele. Aquela extraordinária sirene e o vasto mundo descrito por sua amplidão não deveriam penetrar tão fundo. Pelo nítido movimento dos órgãos internos expostos, o gato escalpelado estaria em contato mais direto e ardente com o centro do mundo.

"O que afinal estaria começando ali naquele momento?", refletiu Noboru, comprimindo contra o nariz um lenço enrolado para evitar o fedor que aos poucos se intensificava enquanto respirava o ar quente pela boca.

Quase não havia saído sangue. Quando cortou a fina pele com a tesoura, o grande fígado vermelho-escuro se refletiu nos olhos do chefe. Logo depois, ele desenrolou e puxou para fora os intestinos de um branco imaculado e um vapor se elevou rodopiando pela luva de borracha. Cortou em rodelas os intestinos e em seguida espremeu o suco gástrico da cor de limão, mostrando aos meninos.

— Sinto como se cortasse uma flanela.

O coração de Noboru sonhava vago enquanto contemplava em detalhes algo insuperável. As pupilas violeta com manchas brancas, mortas. A boca onde o sangue coagulado se acumulava. A língua contraída, visível entre as presas.

Ouviu o ranger das costelas quando a tesoura amarelada de gordura as trinchou. O chefe procurou o diminuto pericárdio e o puxou, retirando em seguida o coração de gracioso formato elíptico. Observou em detalhes, fazendo esguichar um pouco do sangue remanescente que se transmitiu de imediato para os dedos da luva de borracha.

O que estava acontecendo ali? Noboru conseguiu suportar, contemplando tudo do começo ao fim, mas a cabeça, ainda em parcial devaneio, imaginou que o calor das vísceras espalhadas e o sangue acumulado na cavidade abdominal encontrariam unidade e perfeição em meio ao êxtase do espírito de grande indolência do gato. O fígado caído ao lado do corpo havia se tornado uma tenra península; o coração esmagado, um diminuto sol; o intestino delgado que descrevia um relaxado círculo, um atol branco; e o sangue da cavidade abdominal, um mar tropical de águas mornas. A morte tinha transfigurado o gato em um mundo perfeito.

Eu o matei. Sou capaz de fazer qualquer coisa, não importa quão terrível. Noboru sonhou que uma mão distante lhe entregava um imaculado diploma de honra ao mérito.

O chefe retirou as luvas com um ruído estridente e tocou o ombro de Noboru com sua bela mão branca.

— Bom trabalho. Com isso aparentemente você conseguiu se tornar um verdadeiro homem. Admirar o sangue deve lhe provocar uma sensação de alívio.

Capítulo 6

Foi muito azar de Noboru dar de cara com Ryuji justo após terem enterrado o gato e saído da casa do chefe. Apesar de ter lavado bem as mãos ficou preocupado. Haveria sangue em algum lugar na roupa ou no corpo? O fedor teria se impregnado nele? A coloração de seus olhos não seria a de um criminoso logo após perpetrar seu delito?

Antes de mais nada, seria ruim se a mãe tomasse conhecimento de que ele saía daquela ruela naquele horário. Afinal, deveria ter ido a Kamakura com amigos bem diferentes.

Noboru estava perplexo e receoso. Sem motivo, definiu que tudo era culpa de Ryuji.

Os meninos se despediram e logo se dispersaram. Na rua quente, sem carros nem pessoas, permaneceram apenas Ryuji e Noboru com suas longas sombras de quatro da tarde.

Noboru estava morrendo de vergonha. Procurara o momento exato para apresentar Ryuji ao chefe. Se as circunstâncias fossem perfeitas e a apresentação exitosa, o chefe, mesmo contra vontade, concordaria que Ryuji era um herói e Noboru ganharia crédito.

Mas, graças ao encontro inesperado e infeliz, Ryuji acabara por revelar uma aparência lamentável com a camisa de mangas curtas encharcada, sorrindo de modo frívolo para Noboru como se quisesse bajulá-lo. Esse riso era completamente dispensável. Não apenas indicava desprezo por tratá-lo como um menino, mas transformava o próprio Ryuji na vergonhosa caricatura de um "adulto que gosta de crianças". Por demais simpático e exagerado, o riso se mostrava supérfluo, um erro ultrajante.

Como se não bastasse, Ryuji disse até mesmo algo que jamais deveria ter dito:

— Ah, que coincidência. Nadou bastante?

Quando Noboru estranhou e perguntou sobre a camisa molhada, Ryuji deveria ter respondido o seguinte:

— Ah, isso? Salvei uma mulher que tinha se atirado do cais. Esta é a terceira vez que nado com roupa.

Mas Ryuji não disse nada disso. Pelo contrário, deu uma explicação ridícula:

— Eu me molhei no bebedouro lá adiante no parque.

E, além de tudo, com um riso inútil!

"Esse homem quer me fazer gostar dele. É muito conveniente que o filhinho querido de sua nova mulher simpatize com ele", pensou Noboru, já mais relaxado.

Sem saber bem por quê, os dois começaram a caminhar em direção à casa. Com ainda duas horas livres pela frente, Ryuji acompanhou os passos do menino com a sensação de ter descoberto alguém com quem pudesse matar o tempo.

— Há algo estranho em nós dois — disse Ryuji, enquanto caminhava. Noboru detestou esse tipo de atenção sensível. Mas foi graças a ela que pôde falar com facilidade sobre uma questão importante:

— Por favor, não diga a mamãe que nos encontramos naquela rua.

— Entendido.

Ryuji se sentiu bem por ser solicitado a manter esse segredo, mas o sorriso de confiança e a imediata aceitação decepcionaram Noboru. Preferiria que ele o tivesse intimidado.

— Eu deveria estar voltando da praia... Espere um pouco.

Noboru correu para o canteiro de uma obra na rua, tirou os tênis e cobriu com areia os pés descalços até as canelas.

Ryuji pela primeira vez notava a animal agilidade do menino, indiferente e desperta. Ciente de estar sendo observado, Noboru jogava cada vez mais areia na altura dos joelhos, calçando depois os tênis com cuidado para que a areia não se soltasse das pernas.

— Olhe só. A areia grudou com o formato parecido ao de uma régua curva francesa. — Noboru mostrou as coxas suadas e começou a andar devagar.

— Para onde está indo?

— Vou voltar para casa. Quer vir junto, senhor Tsukazaki? Tem ar-condicionado na sala de estar, é bem fresco.

Eles ligaram o ar-condicionado na sala fechada. Ryuji sentou-se na cadeira de vime almofadada, adornada com uma grande grinalda de flores. Após fingir contrariedade por lavar os pés sob ordem da governanta, Noboru deitou-se em um canapé junto à janela.

A governanta trouxe suco gelado e mais uma vez ralhou com Noboru:

— Vou contar para sua mãe que você se comportou mal na frente da visita.

Noboru olhou para Ryuji em busca de socorro.

— Não tem problema. Hoje ele nadou bastante, parece cansado.

— Sim, mas ele precisa saber se comportar.

Parecia óbvio que a governanta descarregava sobre Noboru a antipatia que nutria por Ryuji. Retirou-se do cômodo sem pressa, requebrando as nádegas carregadas de pesada insatisfação. A fala em sua defesa serviu para estabelecer um tácito pacto entre Ryuji e o menino. Noboru bebeu ávido, deixando o suco amarelo escorrer garganta abaixo e só depois é que se voltou, sorrindo com os olhos pela primeira vez.

— Eu sei tudo sobre navios.

— Você provavelmente faria marinheiros profissionais se envergonharem.

— Detesto elogios.

Num átimo, o menino levantou a cabeça da almofada bordada pela mãe, com fúria em seus olhos.

— Qual o horário dos seus turnos, senhor Tsukazaki?

— Por ser segundo oficial, tenho turnos do meio-dia às quatro da tarde e da meia-noite às quatro da madrugada. Dizem que são os "turnos de ladrão".

— É engraçado chamarem de "turnos de ladrão".

Desta vez o menino riu e seu corpo se curvou num arco.

— São quantas pessoas juntas no mesmo turno?

— Um oficial de serviço e dois contramestres.

— No caso de intempéries, quanto aderna o navio?

— Em fortes tempestades, de trinta a quarenta graus. Experimente seguir ladeira acima com uma inclinação de quarenta graus. É como escalar um muro. É incrível. De qualquer forma, nessas ocasiões nós...

Ryuji procurava as palavras com o olhar voltado para algum lugar distante. Noboru perscrutou as ondas da tempestade no oceano dentro desses olhos e sentiu no corpo um leve enjoo. Ele estava em êxtase.

— Seu navio é um pequeno vapor sem linha regular, não é mesmo, senhor Tsukazaki?

— Isso mesmo — respondeu Ryuji com voz relutante, sentindo o orgulho ferido de leve.

— Acontece de transportar carga entre outros países além do Japão?

— Você sabe tudo mesmo. Por vezes transportamos trigo da Austrália para a Inglaterra.

As perguntas eram repentinas e o interesse de Noboru pulava de um tópico para outro.

— Qual a carga principal das Filipinas?
— Uma madeira vermelha chamada *lauan*, eu presumo.
— E da Malásia?
— Minério de ferro, com certeza. Então, você sabe qual é a carga principal de Cuba?
— Claro. Todo mundo sabe que é açúcar. Não me faça de tolo. Já esteve no Caribe?
— Sim, apenas uma vez.
— Passou pelo Haiti?
— Sim.
— Incrível. Que árvores há lá?
— Árvores?
— Sim, árvores. Nas ruas e em outros lugares...
— Ah, essas árvores? Em primeiro lugar, palmeiras. Nas montanhas há muitos flamboyants. E árvores da seda. Não lembro ao certo se as árvores da seda são parecidas ou não. Seja como for, os flamboyants têm uma flor semelhante a uma chama. Quando se aproxima o anoitecer, o céu escurece e essas chamas se revestem de uma cor fantástica. Nunca vi flores tão lindas.

Pensou em falar para Noboru de sua incompreensível adoração pelos bosques de palmeiras-rabo-de-peixe. Permaneceu, porém, de boca fechada sem depreender uma maneira de contá-la a uma criança. Em vez disso, vieram-lhe à memória o crepúsculo semelhante ao fim do mundo no golfo Pérsico, a brisa marinha acariciando suas faces quando estava de pé ao lado da serviola, a queda irritante do barômetro indicando a aproximação de um tufão: fenômenos nas travessias marítimas que o faziam recordar do poder do oceano impactando seus sentimentos de maneira incessante, como num pesadelo.

Assim como instantes antes vira ondas tempestuosas, Noboru dessa vez leu nos olhos de Ryuji, um após outro, os fantasmas invocados pelo coração. Rodeado por espíritos de terras desconhecidas e pelo jargão náutico pintado de branco, num abrir e fechar de olhos, Noboru sentiu-se transportado junto com Ryuji para o distante golfo do México, o oceano Índico ou o golfo da Pérsia. Essa jornada se tornara possível graças a esse autêntico segundo oficial, instrumento de realidade necessário à imaginação de Noboru. Por tanto tempo ele havia esperado por algo assim!

Repleto de felicidade, Noboru cerrou firmemente os olhos. "Ele adormeceu." Ryuji não teve tempo sequer para pensar e o menino reabriu os olhos para, com grande regozijo, reconfirmar a real presença do segundo oficial próximo a ele.

O motor de dois cavalos do ar-condicionado fazia um ruído suave, deixando o cômodo muito fresco. A camisa estava seca e Ryuji tinha os fortes braços cruzados sobre a cabeça. Sentiu nos dedos as ondulações frias do vime finamente entrelaçado da cadeira.

Quando há pouco Noboru fechou os olhos, Ryuji se separou do verdadeiro ente visto em sonho pelo menino. Seus olhos perscrutaram maravilhados ao redor do interior semiescuro e fresco o relógio dourado sobre a cornija da lareira, o multifacetado candelabro pendendo do teto alto, os altos vasos de jade postos de modo precário sobre uma prateleira, todos delicados e completamente imóveis. Que tênue providência impedia o quarto de oscilar? Amanhã ele se separaria desses objetos com os quais, até ontem, não tinha relação alguma. Sentiu que sua ligação com todos eles havia se dado pelo significativo olhar trocado com a mulher, um sinal vazado das profundezas da carne, de sua própria virilidade. Ficava nele uma impressão de mistério, como o encontro com um navio desconhecido em pleno oceano. Ainda que sua própria carne tivesse criado aquelas circunstâncias, a incrível inverossimilhança daquele local o fazia tremer.

"O que afinal estou fazendo aqui em uma tarde de verão? Quem sou eu, sentado aqui ocioso, com o filho da mulher com quem fiz amor na noite passada? Até ontem eu tinha exatas garantias da minha realidade: a estrofe da canção 'Decidi ser um homem do mar', as lágrimas que verti ao escutá-la, a poupança de dois milhões de ienes."

Sem dúvida, Noboru ignorava que Ryuji estivesse mergulhado nesse vazio. Tampouco percebeu que o marinheiro não olhava mais para ele.

A falta de sono desde a noite anterior e a sucessão de choques o haviam exaurido, abatendo a força para manter abertos os olhos, irritados devido à água salgada do mar, como contou para a governanta. No momento em que seu corpo pendia em direção ao sono, um mundo tedioso e estéril, sem movimento ou variação, ele ainda refletia sobre a realidade absoluta e luminosa das figuras que lhe apareceram por diversas vezes, de relance, desde a noite anterior.

Projetavam-se do tecido liso e escuro em magníficos bordados de ouro puro… O segundo oficial nu girando os ombros banhados pela lua em direção à sirene… O rígido focinho do gatinho morto com seus dentes à mostra, seu coração vermelho… Essas entidades deslumbrantes. Cada qual de absoluta autenticidade… E, sendo assim, Ryuji também era um autêntico herói. Todos eram incidentes sobre o mar, no mar… Sentiu entregar-se ao sono. E pensou que aquilo era felicidade, uma inexplicável felicidade.

O menino adormeceu.

Ryuji olhou o relógio, era hora de partir. Bateu de leve na porta da cozinha, chamando a governanta.

— Ele dormiu.
— É sempre assim.
— Pode acabar se resfriando. Não teria um cobertor ou algo parecido...?
— Sim, vou pegar.
— Já vou embora.
— Por certo voltará à noite.

A governanta, vinda de algum país do leste da Ásia, fitou Ryuji por um instante e um sorriso se espalhou sob suas grossas pálpebras.

Capítulo 7

"Você partirá amanhã?"

Francas ou não, eram as mesmas palavras repetidas desde outrora pelas mulheres ao se dirigirem aos marinheiros; palavras de aceitação da autoridade da linha do horizonte, de cega veneração àquele incompreensível limite azul; as mesmas que conferiam até à mulher mais orgulhosa as tristezas, vãs esperanças e liberdade das prostitutas.

Fusako decidiu fazer de tudo para evitar pronunciá-las.

Por outro lado, sabia que Ryuji acabaria por fazer dizê-las. Estava ciente também de que ele apostava seu ingênuo orgulho masculino nas lágrimas da mulher lamentando a separação. E, apesar disso, que homem simples era ele! Depreendeu isso da conversa na noite anterior no parque quando, com sua expressão meditativa, a fizera imaginar que começaria a falar de suas ideias ou paixões românticas, mas de repente contou sobre as folhas verdes na cozinha do navio ou sua irrelevante história de vida e, após parecer terrivelmente enrodilhado em suas palavras, começou a cantar uma canção popular.

Fusako se aprazia ao constatar que o coração de Ryuji era o de um homem prático que não se apegava a sonhos ou ilusões e, como um móvel velho e robusto, tinha características seguras, mais afeito à resistência do que ao poder da imaginação. Na medida do possível, ela precisava obter de seu parceiro uma garantia de segurança, já que havia se resguardado bastante e por longo tempo, evitado qualquer tipo de risco, e desde a noite anterior espantava-se com o próprio comportamento perigoso e insensato. Fusako necessitava, de maneira forçosa, pensar no lado objetivo da situação. E, pelo menos até então, não tinha percebido em Ryuji alguém que pudesse lhe causar transtornos financeiros.

No caminho para o restaurante na avenida Bashado, onde comeriam filé de carne bovina, passaram por um novo e pequeno bar com um chafariz no jardim da frente e diminutas lâmpadas vermelhas e amarelas penduradas ao longo do toldo da entrada, e decidiram entrar para tomar um aperitivo.

Por alguma razão, o frapê de hortelã que Fusako pediu era adornado por uma cereja com cabo. Ela comeu a fruta com destreza, cortando-a com os dentes, depositando no raso cinzeiro de vidro a semente ainda presa ao cabo.

O brilho remanescente do pôr do sol, refletido pelo chafariz no jardim frontal, transpassava a cortina de renda da ampla janela, inundando o ambiente com poucos clientes. Era provável que, por causa da luz rarefeita e de delicado matiz, o desejo de Ryuji tenha sido terrivelmente instigado pelo caroço de cereja saído da boca de Fusako, liso e tépido, de inefável coloração e que, de maneira quase imperceptível, começava a secar.

Ele estendeu de repente a mão e colocou a semente na boca. Surpresa, Fusako emitiu uma exclamação, mas logo desatou a rir. Nunca tivera um momento em que experimentasse uma intimidade física tão serena.

Após o jantar, optaram por passear pelas calmas cercanias do distrito de Tokiwa, onde haveria poucas pessoas transitando. Andaram calados, de dedos entrelaçados, prisioneiros de uma ternura que os fazia derreter sob o anoitecer de verão. Fusako passou a mão livre por seus cabelos. Naquela tarde, em uma hora de ociosidade da loja, ela se apressou até o salão e tomou uns vinte minutos para arrumá-los. Enrubescia agora ao relembrar a confusão no rosto da cabeleireira quando disse não precisar do óleo perfumado que sempre pedia para ser usado ao penteá-la. Tanto os cabelos quanto o corpo de Fusako ameaçavam se desfazer e desmazelar em meio aos aromas das ruas na noite estival.

No dia seguinte os grossos dedos do homem entrelaçados aos de Fusako mergulhariam para além da linha do horizonte. Isso era algo inacreditável para ela, como uma espetacular mentira, uma insensatez.

— Por sua causa eu decaí — afirmou subitamente Fusako, diante da tela de arame de uma empresa de plantas ornamentais já fechada.

— Por quê? — surpreendido, Ryuji parou.

Fusako olhou através da tela de arame e, apesar da luz já apagada, pôde distinguir as árvores tropicais, os arbustos e roseiras à venda, plantadas bem juntas. Na escuridão, a densa folhagem estava emaranhada de modo pouco natural e nessa visão sinistra sentiu como se repentinamente seu interior estivesse exposto.

— Por quê? — Ryuji repetiu a pergunta, mas Fusako não respondeu.

Ela vivia em uma bela casa na região e desejava declarar sua insatisfação por ter sido compelida a uma forma de vida em que era deixada para trás por um homem, como uma mulher do cais do porto. Dizer isso, porém, seria o mesmo que estar a um passo da pergunta: "Você partirá amanhã?"

Por sua vez, a vida solitária no navio tinha criado em Ryuji o hábito de não procurar inquirir sobre coisas que não entendia. Seja como for, no segundo "por quê?" havia certo tom de desdém às queixas que a mulher deixava escapar.

Por mais dolorosa que fosse a ideia de se separar dela no dia seguinte, essa emoção tinha raiz na incorpórea estrofe que o seduzia e com a qual por vezes sonhava: "O homem parte em busca de uma grande glória, a mulher é deixada para trás." Apesar disso, Ryuji sabia melhor do que ninguém que não havia grandes glórias em partir para o mar, apenas os sucessivos turnos por dias e noites, uma vida de extrema monotonia, de prosaico tédio, a condição lamentável de um prisioneiro.

E os inúmeros telegramas de alerta: "Recentemente uma série de colisões de navios de nossa empresa ocorreu ao sul do canal de Irago e na entrada do estreito de Kurushima. Pedimos especial cautela nos canais estreitos e na área de entrada dos portos. Considerando a atual situação de nossa empresa, solicitamos que redobrem seus esforços para evitar incidentes marítimos. Diretor de Navegação."

Desde que a recessão atingira a área de transporte marítimo, esta frase batida, "considerando a atual situação de nossa empresa", começou a aparecer em verborrágicos telegramas.

Dia após dia, o diário do contramestre registrava o clima, direção e força do vento, pressão atmosférica, condições marítimas, temperatura, umidade relativa, histórico de distâncias percorridas, velocidade e itinerário. Em vez de anotar o que se passava no coração dos homens, o diário de bordo alistava com precisão os caprichos do mar.

No refeitório, tradicionais bonecas dançarinas carregando baldes de água marinha, cinco vigias, um mapa-múndi na parede. Por vezes, os raios de sol penetravam pelas vigias e deslizavam na direção dos vidros de shoyu suspensos do teto, por pouco não lambendo o líquido marrom-escuro que balançava para, de súbito, se retirarem mais uma vez.

Na parede da cozinha estavam colados os menus do desjejum e do almoço em estilo ocidental, começando por uma sopa, escritos em uma vistosa folha de papel:

"Sopa de missô com berinjela e tofu.
Rodelas de nabo cozido.
Soja fermentada, cebolinha, molho de pimenta."

E os motores pintados de verde, tremendo e rugindo em meio ao seu emaranhado de tubos, como um enfermo acometido de uma grave febre.

A partir de amanhã essas coisas voltarão a constituir todo o mundo de Ryuji.

Ele e Fusako conversavam diante da cerca de arame da empresa de plantas ornamentais. O ombro de Ryuji pressionou a porta de tela que, não estando fechada a chave, abriu fácil para o lado de dentro.

— Ah, podemos entrar — exclamou Fusako com os olhos brilhantes de uma criança.

Espreitando a janela iluminada da guarita do vigia, os dois adentraram furtivamente o jardim, um denso bosque artificial, onde mal havia espaço para pisar.

Evitando os espinhos das rosas e cuidando para não pisar nas flores, atravessaram de mãos dadas a vegetação quase da altura deles até chegarem a um canto, onde vicejavam orquídeas Yucatan, bananeiras, todo tipo de palmas — Fênix, de cânhamo e das Canárias, bem como seringueiras e outras plantas tropicais.

Ver Fusako em seu vestido branco despertou em Ryuji a sensação de tê-la encontrado pela primeira vez em meio a uma floresta tropical. Atentos para não terem os olhos espetados por folhas pontiagudas, os dois se abraçaram de maneira diligente. A fragrância do perfume dela se destacava em meio ao leve zunido dos mosquitos. Essa situação voluptuosa fazia Ryuji perder a noção de tempo e espaço.

Do lado de fora e um pouco afastadas da cerca de arame, miúdas lâmpadas de néon cintilavam como peixes vermelhos e os faróis dianteiros de um ou outro carro por vezes cortavam as sombras do denso bosque.

O brilho do néon vermelho da loja de bebidas ocidentais do outro lado da rua alcançava o rosto de Fusako sob a sombra da folha da palmeira, tingindo suas faces brancas e enegrecendo os lábios vermelhos. Ryuji a abraçou e beijou longamente.

Os dois viram-se mergulhados em sentimentos. Fusako anteviu no beijo apenas a dolorosa separação do dia subsequente. Acariciando a face, tocando as marcas acetinadas e tépidas do rosto escanhoado, aspirando o aroma de carne que exalava do selvagem peito masculino, Fusako sentiu seu coração se despedir de cada parte do corpo de Ryuji. Compreendeu que através do forte e arrebatado abraço ele procurava confirmar a real existência dela naquele momento.

Para Ryuji, o beijo era a morte, a morte na paixão como sempre havia imaginado. A inexprimível doçura dos lábios da mulher, a infinita umidade da boca cujo vermelho podia perceber na escuridão mesmo de olhos cerrados o mar tépido de corais, a língua que se agitava sem repouso como uma alga marinha... No sombrio êxtase causado por tudo isso, havia algo subjacente ligado à morte. Estava totalmente ciente de que no dia seguinte se separariam e teve a sensação de que poderia morrer por ela. A morte o fascinava.

E então, da direção do píer central, a distante sirene de um navio se espalhou pelo local como uma vaga neblina sonora que por certo passaria despercebida não fosse ele um marinheiro.

"Há um cargueiro partindo neste horário tardio. O navio de qual empresa teria concluído o desembarque?"

Com tal pensamento, seus olhos despertaram em meio ao beijo. Imaginou que a sirene instigava fundo dentro dele uma "grande glória" que ninguém conhecia ao certo. O que seria? Talvez fosse um outro nome dado ao sol tropical.

Ryuji afastou os lábios e devagar procurou por algo no bolso. Fusako esperou. Ouviu-se o ruído áspero de papel. De dentro do bolso, ele retirou um cigarro um pouco amassado e o colocou nos lábios. Irritada, Fusako tomou o isqueiro das mãos dele, que se aproximou, curvado como um recém-nascido.

— Não espere que eu vá acender para você — disse Fusako.

E com um som metálico a chama elevou-se, iluminando as pupilas imóveis de Fusako, próximo da corola de uma palmeira ao lado. Murcha, a flor queimaria rápido, mas a chama não chegou a tocá-la. Ryuji se mostrou receoso diante desse deliberado gesto dela.

Pouco depois, viu uma lágrima escorrer iluminada pelo isqueiro no rosto de Fusako. Ao perceber que ele havia notado, ela apagou a chama. Ele a abraçou de novo e, aliviado pela certeza da lágrima dela, Ryuji também chorou.

***

Noboru esperava impaciente pelo retorno da mãe. Por volta das dez, o telefone tocou e pouco depois a governanta veio até o quarto trazendo uma mensagem.

— Sua mãe vai pernoitar fora hoje. Disse que voltará amanhã pela manhã para trocar de roupa antes de ir para a loja. Esta noite você deve então estudar sozinho. Ainda tem os deveres de casa de verão para terminar.

Que lembrasse, a mãe nunca antes havia passado uma noite fora de casa. Não se espantou com o desenrolar dos acontecimentos em si, mas corou de apreensão e fúria. Por todo o dia tinha ansiado observar pelo orifício no fundo da cômoda o aparecimento de alguma revelação nesta noite, a indicação de algum milagre.

Como havia dormido à tarde, estava sem sono.

Espalhados sobre a mesa, um monte de deveres de casa ainda por fazer antes que o novo ano letivo tivesse início em alguns dias. A mãe vai com certeza ajudar um pouco amanhã, depois de Ryuji partir. Ou será que por alguns dias sonharia acordada, sem se preocupar com os deveres escolares do filho? Não que fizesse muita diferença, já que as matérias que podia ajudar eram apenas japonês, inglês e artes. Em estudos sociais não era confiável e em ciências e matemática, um zero à esquerda. Como conseguia administrar um negócio sendo tão fraca em matemática? Não estaria deixando tudo nas mãos de Shibuya, o gerente?

Por mais que folheasse os livros de texto, não conseguia se concentrar nem um pouco. O fato incontestável que nesta noite a mãe e Ryuji não estariam em casa o atormentava.

Noboru levantou, sentou e por fim andou pelo pequeno cômodo. O que fazer para conseguir pegar no sono? Ir ao quarto da mãe para admirar as luzes dos navios? À noite, talvez continuasse a piscar a lâmpada vermelha no topo do mastro de algumas embarcações ou, como na véspera, um navio naquele momento partisse, tocando alto sua sirene.

Ouviu então o som da porta do quarto da mãe sendo aberta. Talvez ela o tivesse enganado e retornava, acompanhada de Ryuji. Ele se apressou até a grande cômoda e retirou as gavetas, com delicadeza e sem fazer ruído, colocando-as no chão. Foi o suficiente para ficar ensopado de suor.

Nesse instante Noboru ouviu o som de alguém batendo à sua porta. Não podia de jeito algum deixar que alguém visse as gavetas sugestivamente retiradas. Ele correu e empurrou a porta com toda a força. A maçaneta foi girada algumas vezes em vão, com um som áspero.

— O que houve? Não posso entrar? — era a voz da governanta. — O que aconteceu? Seja como for, apague a luz e durma logo. Já são quase onze horas.

Apoiando-se contra a porta, Noboru manteve um obstinado silêncio.

Algo inusitado aconteceu em seguida. Uma chave foi introduzida na fechadura e rodada com violência, trancando a porta pelo lado de fora. Pela primeira vez Noboru soube que a governanta tinha uma cópia, imaginara que a mãe saíra levando todas as chaves.

Furioso e suando muito na testa, reuniu todas as forças e girou a maçaneta. A porta não se abriu. Os chinelos da governanta fizeram ranger os degraus e o som foi se distanciando à medida que descia a escada.

Mais um desejo profundo de Noboru acabava de ser destruído: aquela única oportunidade em mil de sair às escondidas, ir até a casa do chefe e, do lado de fora da janela, fazê-lo acordar dizendo uma palavra-chave. Odiava todos os seres humanos. Fez então longas anotações em seu diário, sem se esquecer de listar os crimes de Ryuji.

Crimes cometidos por Ryuji Tsukazaki:
Primeiro: sorrir de modo servil e adulador quando se dirigiu a mim ao nos encontrarmos à tarde.
Segundo: vestir uma camisa molhada e alegar ter se banhado no bebedouro do parque, como um vagabundo.

Terceiro: passar a noite fora com mamãe, de maneira caprichosa, colocando-me em uma situação de extremo isolamento.

Mas, após refletir bem, Noboru eliminou o terceiro crime. Estava em visível contradição com o julgamento de valor estético, idealista e, portanto, objetivo dos outros dois. O problema subjetivo no terceiro item apenas comprovava a imaturidade de Noboru e jamais constituiria uma infração por parte de Ryuji.

Assaltado pela raiva, Noboru espremeu uma montanha de pasta de dente na escova e usou tanta força na escovação a ponto de brotar sangue das gengivas. Desanimou-se ao contemplar no espelho apenas as pontas dos caninos infantis, reluzindo alvos em meio a uma fina espuma verde-clara que envolvia seus dentes irregulares. O aroma de menta serviu para purificar sua fúria.

O menino arrancou a camisa, vestiu o pijama e olhou o interior do quarto. Como prova circunstancial, as gavetas ainda não haviam sido postas no lugar.

Ao erguê-las, pareceram muito mais pesadas do que quando as havia retirado da cômoda e, mudando de ideia, colocou-as de volta no chão. Já acostumado, com facilidade deslizou o corpo para o espaço vazio no interior do móvel.

Sentiu um arrepio só de imaginar que o orifício pudesse ter sido fechado. Apesar de não enxergá-lo, descobriu tateando que continuava no mesmo lugar de sempre. Acontecia apenas de, no lado oposto, não haver luz suficiente para identificá-lo com uma mera passada de olhos.

Noboru pressionou o olho fixamente no orifício. Compreendeu que fora a governanta quem há pouco abrira a porta do quarto da mãe para com cuidado fechar todas as cortinas. As pupilas se acostumaram de forma gradual e pôde então distinguir a silhueta da cama de latão ao estilo de Nova Orleans sob essa fraca luz, não mais que um vislumbre, menos que vestígios de bolor.

Todo o quarto estava tão escuro como o interior de um caixão, ainda febril com os restos do ar quente da tarde. Por toda parte, matizes e partículas da maior e verdadeira escuridão deste mundo se aglomeravam, de uma forma jamais antes vista por Noboru.

Capítulo 8

Os dois passaram a noite em um pequeno e velho hotel próximo à ponte Yamashita. Bastante conhecida em Yokohama, Fusako receava pernoitar em um grande hotel do centro. Ela passara inúmeras vezes diante do deselegante prédio de dois andares, empoeirado e cercado por algumas árvores, e observara pelo vidro transparente da entrada o saguão semelhante ao da prefeitura distrital, a recepção brega com um grande calendário de uma empresa de navegação colado à parede, sem nunca imaginar, no entanto, que algum dia pernoitaria ali.

Após cochilarem apenas brevemente ao amanhecer, os dois se separaram até a partida do navio. Fusako voltou para casa para trocar de roupa antes de ir para a loja e Ryuji foi para o píer para substituir o primeiro oficial que saíra para fazer compras. Ele era o responsável pela supervisão do trabalho de preparação para zarparem e pela importante manutenção das cordas usadas na estiva.

A saída do navio estava marcada para seis da tarde. Como não havia chovido enquanto ancorado, os trabalhos de carregamento foram executados em quatro dias e noites conforme previsto. O Rakuyo seguiria em direção ao porto de Santos, no Brasil, uma viagem cujo caprichoso itinerário ficava por conta do consignatário das mercadorias.

Fusako deixou a loja mais cedo, às três horas, e retornou para casa. Imaginando que durante algum tempo Ryuji não veria uma mulher japonesa de quimono, vestiu um *yukata*[1] de crepe e, portando uma sombrinha de longo cabo prateado, saiu de casa de carro, acompanhada por Noboru. O tráfego estava tranquilo e pouco depois das quatro e quinze o carro chegou ao cais.

Ainda havia algumas gruas e caminhões reunidos ao redor do galpão onde se lia em ladrilhos pretos "Administração Municipal Número 3" e a lança de carga do Rakuyo ainda oscilava. Fusako decidiu esperar dentro do carro com o ar-condicionado ligado até Ryuji concluir o trabalho e poder descer.

Noboru, porém, não conseguiu permanecer parado. Saltou para fora do carro e se pôs a andar pelo movimentado píer Takashima, admirando as barcaças e a frente e o fundo dos galpões.

Quase alcançando o cruzamento das imundas vigas de aço verdes no teto de um armazém, havia uma pilha de caixas de madeira novas e brancas com grampos escuros nos cantos e inscrições em inglês.

Vendo os trilhos da linha de manobra desaparecerem em meio a essa pilha de mercadorias, Noboru sentiu a alegria de estar diante da extremidade final do sonho que as ferrovias despertam nas crianças, ao mesmo tempo que também experimentava um leve desapontamento, semelhante àquele de quando se acompanha um rio conhecido e se alcança sua diminuta nascente.

— Mamãe, mamãe. — Ele correu até o carro e bateu forte no vidro da janela. Ele havia avistado a silhueta de Ryuji junto ao guindaste da proa.

---

1. Tipo de quimono mais leve e casual, em geral feito de algodão ou tecido sintético estampado. [N.T.]

Fusako pegou a sombrinha e desceu do carro. Ao lado de Noboru, ela acenou para a figura alta e distante de Ryuji. Vestindo uma camisa suja e com o quepe inclinado sobre a cabeça, ele respondeu levantando a mão, mas ocupado, e logo desapareceu. Noboru sentiu um indescritível orgulho ao ver o oficial trabalhando, sabendo que em breve o navio zarparia.

Fusako abriu então a sombrinha, à espera de Ryuji reaparecer. Contemplou os três grossos cabos que ligavam o Rakuyo ao cais atravessando a paisagem do porto. Em cada canto dessa vista, radiosa sob as chamas do sol a oeste, havia uma forte e ardida tristeza que a tudo corroía como o sal da brisa marinha. Mesmo no som do roçar dos cabos e do choque entre as placas de aço, trazia embutida a força desse mesmo pesar, provocando no ar límpido uma longa e vaga reverberação.

A superfície de concreto retinha o calor e criava um clarão abrasante, contra o qual a leve brisa marinha se mostrava inútil.

Mãe e filho se agacharam na beirada do cais dando as costas para o feroz sol poente, admirando a água do mar que se aproximava em pequenas ondas, lançando sua espuma no chão de pedras de manchas brancas. As barcaças atracadas balouçavam de leve, acercando-se para logo depois se afastarem. Gaivotas revoavam roçando as roupas estendidas em varais. Entre os vários pedaços de madeira flutuando na água suja, um tronco reluzia girando ao sabor das ondas.

As ondas enfileiradas descreviam infinitamente o mesmo desenho, o flanco de uma que refletia a luz solar, se revezando de maneira sutil com o flanco de outra, de cor índigo, como se apenas esse padrão lhes entrasse pelos olhos fixos na água.

Noboru leu em voz alta as marcas no calado da proa do Rakuyo. Subiam de sessenta, logo acima da água, para algo entre oitenta e quatro e oitenta e seis, inseridas na linha-d'água. Próximo ao escovém chegavam a noventa.

— Será que a água sobe até aquela altura? Seria algo terrível. — Noboru adivinhava os sentimentos da mãe, que, ao perscrutar o mar, voltava a se parecer com a figura nua e solitária diante do conhecido espelho. Apesar do tom bastante infantil de sua pergunta, a mãe não respondeu.

Para além da área marítima do porto, uma pálida fumaça cinza pairava sobre os quarteirões do distrito de Naka; a Marine Tower, listrada de vermelho e branco, dominava os arredores; o alto-mar era uma densa floresta de mastros brancos. Ainda mais à frente, nuvens se amontoavam, iluminadas pelo sol poente.

Via-se do outro lado do Rakuyo uma balsa que, terminado o carregamento, agora se afastava, puxada por uma barca a vapor.

Ryuji desembarcou do navio um pouco depois das cinco. Desceu pela passarela onde já tinham sido colocadas as correntes prateadas de içamento. Antes dele, muitos estivadores com seus capacetes amarelos também haviam descido por ali para então subirem em um ônibus onde se lia "Companhia de Serviços de Instalações do Porto N S.A", e que partiu logo em seguida. A grua de oito toneladas da administração portuária, antes estacionada ao lado do navio, também já fora retirada. Com o carregamento finalizado, Ryuji apareceu.

Fusako e Noboru correram na direção dele tendo à frente suas longas sombras projetadas. Ryuji pressionou com a mão o chapéu de palha de Noboru e riu ao ver o menino lutar para erguer a aba caída sobre os olhos. O trabalho deixara Ryuji de bom humor.

— Está quase na hora da despedida. Quando o navio zarpar, estarei na popa — disse ele, apontando para a distante parte traseira.

— Vim de quimono. Você vai ficar algum tempo sem ver um.

— Exceto pelas senhoras de idade em excursões de grupos americanos.

Eles se surpreenderam ao constatar que não tinham nada a dizer um ao outro. Fusako pensou em falar algo sobre sua indubitável solidão dali em diante, mas desistiu. Como a polpa branca de uma maçã que muda aos poucos de cor na parte mordida, a separação havia começado três dias antes, quando os dois se conheceram a bordo do navio. A bem da verdade, nada de novo poderia haver no sentimento por trás dessa separação.

Fingindo infantilidade, Noboru observava atento a perfeição dos dois e da situação. Esse era seu papel. Quanto menos tempo restante, melhor. Quanto mais curto o tempo, menor a probabilidade dessa perfeição ser estragada.

Ryuji, como homem que deixa uma mulher para partir para o outro lado do mundo, como marinheiro e segundo oficial, tinha agora uma existência perfeita. O mesmo para a mãe. Como mulher deixada para trás, tinha a existência perfeita de uma linda vela totalmente inflada por alegres lembranças, bem como pela tristeza da separação. Nesses dois dias, ambos cometeram vários erros perigosos, mas naquele momento nada havia a ser censurado. Noboru temeu que Ryuji falasse mais alguma besteira. Sob a aba afundada do chapéu de palha, alternava a atenção entre o rosto de um e o do outro.

Ryuji quis beijar a mulher, mas se sentiu intimidado pela presença de Noboru. Como alguém que sabe que está morrendo, desejava tratar a todos com igual ternura. Os sentimentos e recordações dos outros pareciam ser muito mais importantes do que sua própria existência e, por essa abnegação pessoal de dolorosa doçura, Ryuji almejou desaparecer dali quanto antes.

Por sua vez, Fusako não se permitia ainda sequer se imaginar como uma mulher que vai se cansar de esperar. Olhava para o homem como se quisesse devorá-lo, avaliando se o vínculo seria suficiente. O fato de Ryuji parecer obstinado, com limites que jamais se propunha ultrapassar, irritava Fusako. Seria bom se tais contornos fossem mais vagos, semelhantes a uma névoa. Essa criatura obstinada e aborrecida era sólida demais para ser eliminada da memória. As pesadas sobrancelhas, por exemplo, os ombros muito pronunciados...

— Por favor, escreva. Cole selos interessantes — pediu Noboru, procurando desempenhar bem seu papel.

— Pode deixar. Mandarei algo de cada porto. E você também me escreva. Cartas são a maior felicidade de um marinheiro.

Explicou que precisava subir a bordo para os preparativos finais para a partida. Alternaram-se no aperto de mãos. E ao chegar ao alto da passarela de embarque, Ryuji se voltou e agitou um aceno com o quepe.

O sol aos poucos se inclinava sobre o teto dos armazéns, incendiando o céu a oeste, descrevendo sombras distintas dos altos postes e tubos de ventilação em forma de cogumelos sobre a deslumbrante frente branca do ancoradouro. As asas das gaivotas voando ao redor eram escuras e apenas seus ventres, iluminados pela luz do sol, pareciam aos olhos de Noboru brilhar com a cor vibrante da gema dos ovos.

Os caminhões se afastaram do entorno do Rakuyo, imerso em profundo silêncio, à revelia inundado pelos raios do sol poente. Viam-se apenas as miúdas silhuetas de um marinheiro esfregando um alto corrimão e um outro, de tapa-olho e lata de tinta na mão, pintando o caixilho de uma janela. Num átimo, foram içadas ao mastro bandeiras de sinalização azuis, brancas e vermelhas, além de uma outra no topo, azul, indicando a partida.

Mãe e filho caminharam devagar em direção à popa do navio.

As portas de correr verde-azuladas dos armazéns do cais já estavam todas abaixadas; na longa e melancólica superfície da parede lia-se PROIBIDO FUMAR em grandes cartazes e os nomes de portos, como Singapura, Hong Kong e Lagos, escritos de modo displicente com giz branco. Pneus, latas de lixo e vagonetas em linhas ordenadas também projetavam suas longas sombras.

Não se entrevia ainda vivalma na parte superior da popa. Ouvia-se o barulho tranquilo e contínuo da drenagem da água. No casco do navio havia enormes avisos de cuidado com as hélices de propulsão. A bandeira japonesa, leve como musselina, tremulava ao vento, sombreando a serviola bem ao lado.

Às quinze para as seis, a primeira sirene ressoou estridente. Ao ouvi-la, Noboru soube que o fantasma das duas noites anteriores era real e compreendeu que estava agora no local onde todos os sonhos começavam e terminavam. Nesse momento, Ryuji apareceu ao lado da bandeira nacional.

— Talvez ele ouça se você gritar o nome dele — disse Fusako.

A voz se elevou justo no momento em que a sirene cessou, mas Noboru odiou seu tom agudo. Ryuji baixou o rosto na direção deles e acenou. Estavam muito distantes para conseguirem discernir a expressão de seu rosto. E assim como duas noites antes, sob a luz do luar, ele virara os ombros de forma brusca em direção à sirene, logo retornando para sua função, sem de novo olhar para eles.

Fusako elevou os olhos em direção à proa. A passarela de embarque havia sido levantada, cortando por completo a ligação do navio com a terra. O casco do Rakuyo pintado em verde e creme parecia a lâmina de um extraordinário machado gigante caído de repente do céu, separando a embarcação da costa.

A chaminé começou a expelir fumaça. Abundante e de um negro profundo, obscurecia o pálido zênite. Uma voz ressoou pelo megafone do convés.

— Pessoal de proa, atenção! Preparar para içamento da âncora. Amarras bem esticadas.

A sirene tocou mais uma vez baixinho.

— Proa, deixar correr.

— Entendido.

— Subir âncora.

— Entendido.

— Linha de proa. Linha de terra. Largar.

Fusako e Noboru viram o Rakuyo ser puxado por um rebocador e ir aos poucos se afastando do cais a partir da popa. O espaço de água cintilante entre o cais e o navio se estendeu em leque e, enquanto seus olhos acompanhavam o afastar do brilho dos galões dourados do branco gorro de marinheiro usado por Ryuji, de pé no convés da popa, o Rakuyo gradualmente mudou a direção, ficando em posição perpendicular ao píer.

Conforme a angulação se alterava a cada instante, o navio exibia uma complexa silhueta, fantasmagórica e invulgar. À medida que a popa se distanciava puxada pelo rebocador, a comprida embarcação aparentava se dobrar aos poucos, como um biombo. Todas as estruturas do convés se sobrepunham, empilhando-se estreitas, com seus desníveis cinzelados com cuidado por fachos da luz crepuscular. O Rakuyo se elevava ao céu como um castelo medieval, metálico e brilhante.

Toda a cena fora, porém, momentânea. Para que a proa se voltasse para o mar aberto, o rebocador precisou começar a puxar a popa, direcionando-a no sentido contrário com uma grande volta. Todo o complexo aspecto do navio acumulado até então de novo se desmanchava e cada parte começava a mostrar seu devido formato, de maneira gradativa, a partir da proa. Ryuji reapareceu no campo de visão, minúsculo como um palito de fósforo, ainda reconhecível junto à bandeira japonesa na popa, voltada com dignidade para o brilhante sol poente em direção à terra.

— Largar. Rebocador. — Ouviu-se a voz vinda do megafone, nítida ao vento, com o rebocador se afastando do Rakuyo.

O navio se manteve parado e a sirene tocou uma terceira vez. Por algum tempo, Ryuji a bordo, e Fusako e Noboru no ancoradouro, foram enclausurados em um momento de tempo viscoso, permanecendo imóveis em inquieto silêncio.

Por fim, a sirene tocou, anunciando o zarpar do gigantesco Rakuyo, sacudindo todo o porto, alcançando os peitoris de todas as janelas da cidade, as cozinhas onde se preparava o jantar, os quartos de pequenos hotéis de lençóis não trocados, as mesas de crianças sozinhas em casa, as escolas, quadras de tênis e cemitérios, invadindo e inundando todos os espaços de uma temporária tristeza, rasgando implacável o coração das pessoas não envolvidas. Soltando fumaça branca, o navio seguiu direto para o mar aberto.

A silhueta de Ryuji havia desaparecido de vista.

PARTE 2

INVERNO

Capítulo 1

Às nove da manhã de 30 de dezembro, Fusako esperava Ryuji sair do posto alfandegário situado no edifício do píer central. O píer central ficava em um bairro estranhamente abstrato. Ruas desertas e limpas demais, alamedas de plátanos secos, entrepostos de tijolos vermelhos de aspecto antigo e prédios de empresas de armazenagem de estilo pseudorrenascentista, e uma locomotiva fora de moda exalando fumaça negra ao percorrer a linha de manobra. A pequena passagem de nível tampouco parecia autêntica, dando a impressão de ser de brinquedo. A irrealidade do bairro derivava do mar, com todas as suas funções voltadas apenas para ele, apoderando-se de cada tijolo. O mar simplificara e tornara o bairro abstrato em detrimento da realidade de suas funções, transformando-o em algo pertencente ao mundo dos sonhos.

Além do mais, chovia. Dos velhos tijolos vermelhos dos armazéns escorria seu carmesim vibrante. Os mastros acima dos telhados estavam todos molhados.

Para não chamar atenção, Fusako aguardava no interior do carro. Pela janela respingada de chuva, observava cada marinheiro saindo do prédio da alfândega, de tosca construção de madeira.

Ryuji levantou a gola do casaco azul-escuro, afundou o quepe de marinheiro na cabeça e, segurando uma velha mala de viagem, começou a caminhar encurvado sob a chuva. Fusako mandou o velho motorista de confiança correr para chamá-lo.

Encharcado, Ryuji se lançou para dentro do carro, como um pacote volumoso atirado de maneira rude.

— Tinha certeza de que você viria. E você realmente veio — falou, retomando o fôlego e passando o braço por sobre os ombros de Fusako, cobertos pelo casaco de visom. Mais bronzeadas pelo sol que antes, as faces de Ryuji escorriam, molhadas pela chuva — ou seriam lágrimas? O rosto de Fusako, pelo contrário, havia empalidecido de emoção, lívido como se uma janela tivesse sido aberta no interior escuro do carro. Ambos choraram ao se beijar. Ryuji deslizou a mão sob o casaco da mulher e tocou apressado todas as partes, como se para atestar vida em um corpo recém-resgatado do mar. Envolveu com os braços o tronco flexível, trazendo de volta ao seu coração toda a existência dela.

Dali até a casa de Fusako eram seis ou sete minutos de carro. Atravessando a ponte Yamashita, os dois começaram a ter uma conversa normal.

— Obrigado pelas muitas cartas. Eu as li centenas de vezes.

— Eu também. Você passará o Ano-Novo conosco, não é?

— Sim. E Noboru?

— Ele queria vir junto para encontrá-lo, mas está um pouco gripado e ficou deitado. Mas não é nada sério, quase não tem febre.

Sem pensar em nada, mantiveram essa conversa óbvia, sem estranhezas, bem comum àquela das pessoas residentes em terra firme. Durante o tempo em que estiveram separados, imaginaram ser muito difícil terem esse tipo de diálogo quando se reencontrassem e que parecia mesmo impossível retomarem naturalmente a ligação mantida durante o verão. O que acontecera entre eles tinha terminado após formar um círculo bastante perfeito e luminoso, acreditavam que jamais voltariam a penetrá-lo e que dele seriam expulsos. Deveriam as coisas retornar ao que eram, como uma mão que com facilidade desliza para dentro da manga de um casaco, pendurado há quatro meses num gancho no quarto?

As lágrimas de alegria espantaram a ansiedade e elevaram ambos sem esforço a um estado supremo do espírito humano. O coração de Ryuji estava entorpecido a ponto de nem mesmo sentir nostalgia. Tanto o parque Yamashita quanto a Marine Tower, à direita e à esquerda dos vidros do carro, surgiam óbvios, como inúmeras vezes os tinha visualizado em sua mente. A visão da chuva fina como névoa, ao amenizar a exagerada nitidez da paisagem e, até certa medida, transformá-la em algo mais próximo da imagem guardada em sua memória, intensificava a sensação de realidade. Após desembarcar do navio, durante algum tempo Ryuji tinha o hábito de sentir a ansiedade e as perturbações do mundo e, mais do que nunca, como o personagem de um quebra-cabeça, naquele dia se sentiu inserido em um mundo inabalável e cordial.

O carro atravessou a ponte Yamashita, dobrou à direita e começou a subir a ladeira ao longo do prédio do consulado francês bem ao lado de um canal repleto de barcaças cobertas com toldos cinza. Bem alto, nuvens claras se estendiam dispersas no céu e a chuva começava a amainar.

Chegaram ao alto da encosta, passaram em frente ao parque. Da rua Yatozaka, entraram em uma ruela à esquerda e o carro parou em frente ao portão da casa da família Kuroda. Dali até o hall de entrada eram apenas alguns passos por um caminho de pedras bastante molhado, mas que começava a secar. O velho motorista abriu a sombrinha para abrigar Fusako e apertou a campainha da porta.

A governanta apareceu e Fusako lhe pediu para acender a luz do hall. Ryuji transpôs a soleira e adentrou a penumbra.

Nesse momento, foi assaltado por uma delicada sensação de dúvida sobre se seus pés deveriam ou não ter atravessado a soleira da porta de entrada.

Sem dúvida, ambos haviam penetrado o interior do círculo iluminado, exatamente como de início. Mas algo havia mudado, embora a diferença fosse mínima, quase indizível. Fusako fora cuidadosa, evitando aludir a promessas futuras ou ao seu desejo de continuarem muito tempo juntos, tanto no momento da despedida, na partida do navio na noite de verão, quanto nas inúmeras cartas desde então. Mas, pelo abraço de pouco antes, era evidente que ambos desejavam retornar para o mesmo lugar. Por estar ansioso, no entanto, Ryuji não procurou confirmar essa sensível percepção de insegurança. Assim, não se deu conta de que adentrava uma casa completamente diferente.

— Que chuva horrível — continuou Fusako. — Mas já está passando.

Nesse momento, a luz do hall foi acesa e fez surgir o chão coberto de mármore de Ryukyu do estreito hall, adornado por um espelho ao estilo veneziano.

As achas já ardiam vermelhas na lareira da sala de estar cuja cornija estava decorada de maneira impecável para o Ano-
-Novo com um suporte de madeira, um ramo de samambaia, um pequeno arbusto *yuzuriha*, sargaço, *kombu* e outros, além dos *kagamimochi*. A governanta trouxe chá e ofereceu um admirável cumprimento.

— Bem-vindo de volta. Todos o esperávamos ansiosos.

As únicas mudanças na sala de estar foram o aumento de novos bordados e o fato de haver agora um pequeno troféu de tênis.

Fusako explicou sobre cada um deles. Desde que Ryuji partira, o entusiasmo dela por tênis e bordado havia aumentado.

Ela frequentava o clube de tênis em Myokojidai nos fins de semana e em algumas escapulidas, quando havia pouco movimento na loja. E passava as noites com seu bastidor, bordando em seda crua. Em seus trabalhos, aumentaram os motivos relacionados a navios. As novas almofadas criadas a partir do outono apresentavam barcos negros, semelhantes àqueles de biombos, com desenhos de navios estrangeiros e antigos lemes. Quanto ao troféu, era uma conquista recente em um torneio de fim de ano, como dupla feminina. Para Ryuji, tudo isso era prova da castidade dela durante sua ausência.

— Mas não aconteceu nada de maravilhoso enquanto você esteve fora — afirmou Fusako.

Explicou que se sentiu desapontada porque, apesar de ter se separado de Ryuji prometendo não esperar por ele, a espera começou no momento mesmo de sua partida. Desejando esquecê-lo, concentrou-se então nos trabalhos da loja e no atendimento dos clientes e, quando eles saíam e a loja ficava silenciosa, era possível ouvir o som da fonte no pátio. Ao prestar atenção nesse ruído, ficou pasma. Nesse momento, Fusako constatou que estava, sim, à espera.

Comparado a antes, ela conseguiu se expressar desta vez com mais eloquência, sem ocultar seus sentimentos. A maneira de escrever arrojada de suas cartas havia lhe proporcionado uma nova e inesperada liberdade.

Ryuji também se sentia assim, mais falante e jovial. Essa transformação começou quando em Honolulu recebeu a primeira carta de Fusako. Era visível que se tornava mais sociável e passou a alegremente se reunir com os colegas no refeitório. Sem demora, os oficiais do Rakuyo conheceram em detalhes sobre seu amor.

— Quer subir para dar um alô a Noboru? Ele estava ansioso por encontrar você e nem deve ter dormido direito ontem.

Ryuji se levantou com calma. Não tinha dúvida de que era a pessoa por quem todos esperavam e que todos amavam.

Tirou de dentro da bolsa o pacote com o presente para Noboru e, seguindo Fusako, subiu a mesma escada sombria que tinha galgado de pernas quase trêmulas na primeira noite de verão. Desta vez, seus passos eram firmes, como os de alguém que fora de fato aceito.

Noboru ouviu os passos na escada. Estava tenso pela espera e, apesar de ter o corpo enrijecido sob as cobertas, percebeu que não eram os passos que tanto aguardava.

Bateram e a porta se abriu, ampla. Noboru viu um pequeno jacaré marrom-avermelhado. Como naquele momento a clara luz do sol inundava com seus raios o interior do quarto como água, o animal flutuando junto à moldura da porta parecia um ser vivo, com suas patas nadando rijas no ar, goela bem aberta e cintilantes globos oculares vermelhos. "Alguém usaria um ser vivo como brasão?" foi a perturbação que passou por sua cabeça, ainda confusa pela febre. Ryuji tinha lhe contado do mar de corais. No interior de um atol não havia sequer marolas, como em um lago, mas na parte externa quebravam grandes ondas vindas de alto-mar e suas cristas de espuma branca pareciam fantasmas avistados de longe. Noboru pensou: "Minha dor de cabeça, muito distante se comparada à de ontem, é semelhante às cristas brancas que se formam bem além do atol." O jacaré era o brasão de sua dor de cabeça, símbolo de sua dignidade distante. Na realidade, a doença concedia certo ar solene ao rosto do menino.

— Viu? Eu lhe trouxe um presente.

Ryuji, que tinha se mantido à sombra da porta exibindo o jacaré que segurava, expôs-se então por inteiro. Vestia um pulôver de gola rulê cinza e sua face estava muito bronzeada.

Pensando sobre esse momento, Noboru decidira havia algum tempo que sob nenhuma hipótese exibiria para Ryuji um sorriso afável. Tendo a doença como pretexto, foi bem-sucedido em manter uma fisionomia circunspecta.

— Que estranho. Ele estava tão animado. Será que a febre voltou? — interveio a mãe sem necessidade. Aos olhos de Noboru, ela lhe parecera mais insignificante do que nunca.

— Este jacaré foi empalhado por índios brasileiros. Indígenas autênticos, acredite. Nas festas, eles prendem pequenos jacarés ou aves aquáticas, empalhados como este, na frente de seus cocares. Depois, colocam na testa três pequenos espelhos redondos. Refletindo as chamas da fogueira, assemelham-se a monstros de três olhos. Usam dentes de onça em colares e na cintura enrolam sua pele. Carregam nas costas uma aljava e lindas flechas de cores vibrantes nas mãos. Seja como for, este pequeno jacaré empalhado faz parte das vestimentas cerimoniais usadas nas festas indígenas.

— Obrigado — Noboru limitou o agradecimento a uma palavra. Acariciou a corcova simples e as patas murchas do filhote de jacaré e, após examinar a poeira acumulada nas bordas dos globos oculares em vidro vermelho, provavelmente por ter permanecido por longo tempo na prateleira de alguma loja numa cidadezinha qualquer do interior do Brasil, refletiu sobre as palavras que Ryuji tinha acabado de pronunciar. O interior do quarto abafado pelo aquecedor. Os lençóis úmidos e febris, bastante amarrotados. Sobre o travesseiro, havia fragmentos da pele de seus lábios ressecados. Há pouco ele a arrancava de maneira furtiva. Por causa da esfoliação, receou que seus lábios parecessem por demais vermelhos. Ao mesmo tempo, olhou de forma involuntária para a cômoda que ocultava o tal orifício. Tinha arrumado tudo após sua observação. E se os adultos acompanhassem seu olhar e, desconfiados, o seguissem até lá? Não havia, porém, motivo para se preocupar. Eles eram muito mais obtusos do que imaginava. Agitavam-se dentro de um amor insensível.

Noboru não tirou os olhos de Ryuji. As sobrancelhas espessas e os dentes brancos se destacavam no rosto bronzeado pelo sol tropical, aumentando sua virilidade. No entanto, mesmo nesse primeiro monólogo, sentiu algo pouco natural, uma tentativa forçada para se ajustar à sua imaginação, como se adulasse com exagero os sentimentos que havia transmitido nas inúmeras cartas escritas. Nesse Ryuji que ele revia, havia um tipo de impostor do outro Ryuji. Perdendo a paciência, acabou colocando em palavras.

— Hum, isso está com cara de ser invenção sua.

Mas, devido ao seu bom caráter, Ryuji entendeu de modo errôneo.

— Ora, não brinque. É por ele ser pequeno? Quando filhotes, os jacarés são miúdos. Experimente vê-los no zoológico.

— Noboru, não seja indelicado. Em vez disso, por que não mostra a ele seu álbum de selos?

Antes mesmo de o filho estender o braço, a mãe mostrou o álbum no qual estavam cuidadosamente colados os selos das cartas que Ryuji havia enviado de vários países.

Ela se sentou voltando o rosto em direção à luz da janela, enquanto Ryuji, de pé e com o braço apoiado no espaldar da cadeira, virava as páginas do álbum apreciando os selos. Noboru constatou que ambos tinham lindos perfis. A luz invernal, leve e límpida, iluminava com simplicidade o contorno dos narizes nas silhuetas de traços regulares, olvidadas de sua existência.

— Quando partirá desta vez? — indagou Noboru de súbito.

Surpresa, a mãe virou o rosto para Noboru, que notou palidez em seu semblante. Era a pergunta que Fusako mais desejava fazer e, sem dúvida, a que mais temia.

Ryuji parecia de propósito voltar o rosto para a janela. Apertando de leve os olhos, respondeu com vagar.

— Ainda não sei.

A resposta chocou Noboru. Fusako permaneceu calada, mas parecia uma pequena garrafa tampada com uma rolha de cortiça em cujo interior os sentimentos borbulhavam de várias formas. A simplória expressão feminina não denotava se estava feliz ou não. Nesse momento, Noboru achou que a mãe se parecia com uma lavadeira.

— Até porque a descarga do navio deve durar até o Ano-Novo — disse Ryuji com calma, logo em seguida. Fosse verdade ou mentira, era o benevolente som da voz de um homem certo de seu poder de afetar o destino de outrem.

Assim que a mãe e Ryuji deixaram o quarto, Noboru, com o rosto vermelho de cólera e tossindo, retirou de debaixo do travesseiro seu diário e anotou nele o seguinte.

Crimes cometidos por Ryuji Tsukazaki:
Terceiro: Quando lhe perguntei quando iria partir, inesperadamente respondeu que não sabia.

Noboru pousou a caneta, refletiu por um instante e voltando a se enfurecer, acrescentou:

Quarto: Ele afinal ter retornado aqui.

Pouco depois, sentiu vergonha de sua fúria. O que tinha acontecido com o treinamento de "insensibilidade"? Culpou-se um pouco e sondou seu coração com cuidado. Depois de assegurar não haver nele o menor vestígio de raiva, releu esses dois itens. Estava convicto de não haver nada a ser corrigido.

Noboru ouviu, então, um leve ruído no quarto contíguo. A mãe parecia estar nele. Ryuji também devia estar lá. A porta de seu quarto não estava trancada. Seu coração começou a bater apressado. Ele se perguntou como fazer para, naquela hora da manhã, retirar as gavetas e entrar na cômoda quanto antes e sem ser percebido, não estando o quarto fechado a chave.

Capítulo 2

Fusako recebeu de presente uma bolsa de mão feita de pele de tatu. Era um objeto curioso, com um fecho lembrando uma cabeça de rato, ganchos e costuras toscas, mas Fusako a portava de maneira alegre e, mesmo na loja, a mostrava orgulhosa sob o olhar desaprovador do gerente Shibuya.

Passaram a véspera do Ano-Novo separados, Fusako ocupada na Rex e Ryuji tivera que trabalhar no turno da tarde. Dessa vez, mesmo essa separação pela metade de um dia lhes parecia natural.

Passava das dez da noite quando Fusako retornou. Ryuji tinha ajudado na arrumação da casa com Noboru e a governanta, terminando muito mais cedo do que nos anos anteriores. Assim como nas grandes limpezas no navio, ele orientava com agilidade e Noboru, cuja febre diminuíra pela manhã, se empenhava bastante nas tarefas, contente por receber ordens.

Ryuji dobrou as mangas do pulôver e pôs uma toalha ao redor da testa. Noboru o imitou, enrolando também a cabeça, com as faces cheias de vida. Quando Fusako chegou, os dois haviam concluído toda a limpeza do andar superior e desciam carregando panos de chão e baldes. Ela observava tudo com espanto e alegria, mas, por outro lado, se afligia com a saúde do filho.

— Não há com o que se preocupar. Transpirando tanto por causa do trabalho, a gripe vai desaparecer num piscar de olhos.

O reparo de Ryuji foi provavelmente desapiedado como tentativa de consolo, mas pelo menos eram "palavras masculinas", há muito não ouvidas na casa. Após sua fala, as velhas colunas e paredes pareciam se contrair, sem restar espaços vazios.

Todos comeram macarrão de trigo-sarraceno na virada do ano, ouvindo o soar dos sinos à meia-noite, como reza a tradição.

— No passado, os MacGregors, para quem eu trabalhava, no Ano-Novo reuniam convidados em casa e à meia-noite em ponto todos se beijavam sem cerimônia. Eu mesma tive a bochecha chupada por um irlandês barbudo de meia-idade. — A governanta contou a mesma história, repetida a cada ano.

Ao se recolherem ao dormitório, Ryuji de imediato abraçou Fusako. Logo que reconheceu os primeiros sinais da aurora, fez uma inesperada sugestão infantil. Propôs irem até o parque vizinho para saudarem juntos o primeiro nascer do sol do ano. Excitada, Fusako se viu cativada pela ideia um pouco tresloucada de sair repentinamente de casa sob um céu frio.

Os dois puseram rápido as roupas que encontraram. Fusako vestiu calças sobre a meia-calça, um suéter de caxemira e, por cima, um outro dinamarquês, esplêndido, de esqui. Ryuji envolveu os ombros dela com as mangas de seu casaco, e descendo sem fazer ruído abriram a porta da casa e saíram.

O ar do alvorecer sobre seus corpos febris era agradável. Ao correrem em direção ao lusco-fusco do parque deserto, riram ao bel-prazer e perseguiram um ao outro por entre os ciprestes do bosque. A respiração profunda rivalizava com a brancura do vapor exalado de suas bocas. Sentiam como se um soberbo gelo fino as cobrisse após o vapor das carícias amorosas de toda a noite.

Já passava bastante das seis horas quando os dois encostaram na cerca de onde se avistava o porto abaixo. A estrela-d'alva se inclinava para o sul e viam-se com nitidez as luzes dos prédios, a claridade das lâmpadas nos beirais dos telhados dos armazéns e o pisca-pisca das lanternas vermelhas dos navios ao largo. As faixas verdes e vermelhas formadas pelo holofote da Marine Tower varriam a escuridão do parque, distinguindo os claros contornos das casas, o céu de cor púrpura-avermelhada a leste.

Ouviram o contínuo e desesperado cocoricar de um galo, o primeiro do ano, trazido pelo gélido vento matinal que fazia agitar os pequenos galhos dos arbustos.

— Espero que este seja um bom ano — Fusako exprimiu em palavras seu desejo. Com frio, aproximou o rosto e Ryuji logo lhe beijou os lábios próximos aos seus.

— Vai ser um bom ano. Não restam dúvidas — disse Ryuji.

Aos poucos, a forma de um prédio começou a se delinear com clareza à tona da água. Olhar para a luz vermelha da escada de emergência do edifício fez com que Ryuji tomasse consciência de maneira dolorosa da tessitura da vida em terra. Em maio ele completaria trinta e quatro anos. Precisava abandonar os sonhos há tanto tempo acalentados. Precisava compreender que neste mundo não havia uma glória preparada especialmente para ele. Ainda que as lâmpadas débeis nos beirais dos armazéns resistissem à primeira e tênue luminosidade da manhã azul-acinzentada, Ryuji precisava despertar.

Mesmo sendo o primeiro dia do novo ano, o porto estava repleto de trilos abafados e difusos. Sampanas também se desenredavam do grupo de barcaças no canal e partiam, elevando um som ritmado e seco.

A superfície da água parecia tranquila em sua opulência, iluminada pelas inúmeras luzes dos navios ancorados, tornando-se mais suave à medida que era tingida de púrpura. Seis horas e vinte e cinco minutos. As lâmpadas de mercúrio do parque se apagaram todas a um só tempo.

— Não está com frio? — perguntou Ryuji diversas vezes.
— O frio alfineta minhas gengivas. Mas está tudo bem. O sol não deve tardar a despontar.

Ao repetir a pergunta a ela inúmeras vezes, Ryuji também perguntava ao seu coração: "Você vai mesmo abandonar tudo isso?" O sentimento do oceano, a sensação de sombria embriaguez que aquele balanço incomum provocava em seu coração, a maravilha das despedidas, as lágrimas doces derramadas pelas canções em voga. E a condição dessa vida apartada do mundo que o impelia a ser cada vez mais homem.

O fascínio pela morte, oculto no peito ardente. A glória para muito além, a morte para muito além. Tudo, de um jeito ou de outro, era "além". Vai abandonar tudo isso? Por estar sempre em contato direto com a sinuosidade das escuras ondas e a luz sublime nas bordas das nuvens no céu, seu coração se contorceu, represou para depois se exaltar, egoísta, não mais discernindo os sentimentos nobres dos vis, consignando ao mar todos os prós e contras. "Você abandonará essa luminosa liberdade?"

Mas ainda assim, na viagem de volta, Ryuji descobriu sentir um cansaço profundo da vida miserável e tediosa de marinheiro. Estava convicto de tê-la aproveitado em sua plenitude sem que restasse nela nenhum sabor desconhecido por ser provado. Olhem bem! Não havia glória em lugar algum. Em nenhuma parte do mundo. Nem no hemisfério Norte nem no Sul. Nem mesmo sob o Cruzeiro do Sul, aquela constelação adorada pelos marinheiros.

De maneira clara, agora eles também podiam discernir os depósitos de madeiras além do canal. O canto dos galos prosseguia e o céu se cobria de uma cor tímida. As luzes nos mastros afinal se apagavam e, envolvidas pela neblina, as silhuetas dos navios no porto se assemelhavam a fantasmas. Quando o céu de leve se avermelhou e as nuvens flutuaram horizontais envolvendo o além-mar, o espaço do parque por detrás deles se converteu em um embranquecido vazio. As bordas dos fachos de luz do holofote também se apagaram, deixando apenas rastros do brilho vivaz do acender e apagar verde e vermelho.

Como estava muito frio, abraçados de encontro à cerca, as pernas de ambos tiritavam. A friagem, mais do que nos rostos descobertos, lhes subia persistente a partir dos pés.

— Está quase na hora — declarou Fusako em meio ao trinado de pequenos pássaros iniciado de forma repentina. Ryuji achou bonito o vermelho do batom que ela tinha passado apressada antes de sair e que agora se destacava, vívido, no rosto branco estremecido pelo frio.

Alguns instantes depois, bem distante à direita dos depósitos de madeira, apareceu um vago contorno vermelho bem alto no céu cinzento. De imediato o sol se tornou um círculo carmesim vibrante, como uma lua cheia escarlate, mas ainda com a luz débil a ponto de poder divisá-lo diretamente.

— Vai ser um bom ano. Nós dois juntos admirando o primeiro nascer do sol. Além disso, é a primeira vez na minha vida que contemplo o nascer do sol no primeiro dia do ano — ao dizê-lo, a voz de Fusako soava distorcida pelo frio.

— Quer casar comigo? — perguntou Ryuji com uma voz muito possante como se gritasse, resoluto, contra o vento norte, em um convés no inverno.

— Como? — perguntou ela, sem entender.

Irritado por ter de repetir a pergunta, acabou dizendo coisas que não precisavam ser ditas.

— Estou lhe pedindo para se casar comigo. Sou talvez um marinheiro sem charme, mas isso não significa que tenha levado uma vida desregrada. É provável que você ria de mim, mas tenho dois milhões de ienes na poupança. Posso depois lhe mostrar minha caderneta bancária. É todo o meu patrimônio. Queira ou não se casar comigo, vou lhe dar todo esse dinheiro.

Essas palavras singelas conquistaram o coração refinado da mulher mais do que Ryuji poderia supor. De tão alegre, Fusako chorou.

Já não era possível mirar o sol que ofuscava os olhos apreensivos de Ryuji. Os sons usuais do porto desperto se intensificaram, com suas sirenes apitando e o ruído dos carros ecoando. A enevoada linha do horizonte não podia ser vista, mas o reflexo do sol pela primeira vez flutuava como uma nuvem vermelha de fumaça sobre a superfície da água.

— Sim, claro que sim. Sobre isso, há várias coisas que precisamos discutir primeiro. Noboru e meu trabalho, por exemplo. Posso impor apenas uma condição? O que você me propôs será um pouco difícil, eu acho, se você pretender partir logo de novo.

— Não pretendo partir de imediato. Na verdade, vou... — disse Ryuji titubeando.

***

Fusako morava em uma casa sem cômodos ao estilo japonês. Apesar de viver uma vida à maneira ocidental, apenas no Ano-Novo, observando a tradição, celebrava bebendo o saquê *toso* e degustando comidas próprias para a ocasião em uma sala de jantar no estilo ocidental. Sem ter pregado o olho à noite, Ryuji lavou o rosto com a primeira água do ano retirada de um poço. Ao entrar na sala de jantar, sentiu como se não estivesse no Japão, mas em um consulado japonês de alguma cidade portuária do norte europeu. No passado, após chegarem ao porto no fim do ano, os oficiais do Rakuyo foram convidados para o banquete de celebração do Ano-Novo organizado por um consulado. Sobre a mesa no salão ao estilo ocidental bem iluminado esperavam pelos convidados garrafinhas de saquê *toso* e caixas laqueadas de dois andares repletas de tradicionais petiscos em uma bandeja envernizada com pó de ouro.

Noboru desceu à sala de jantar envergando com esmero uma gravata. Todos trocaram entre si os cumprimentos pelo novo ano. Quando chegou o momento do brinde com o *toso*, Noboru, todos os anos o primeiro a receber uma tacinha para beber um gole, estendeu com essa intenção o braço, mas foi logo repreendido pela mãe.

— É estranho que o senhor Tsukazaki beba na menor taça — afirmou Noboru, fingindo-se envergonhado.

Enquanto dizia isso, viu com toda a atenção Ryuji ser o primeiro a receber a taça e levá-la até a boca, envolvendo-a com suas mãos grandes e grossas que a faziam parecer ainda menor. A taça vermelha de motivo de ameixeira sobre a madeira envernizada com pó de ouro parecia terrivelmente vulgar, enterrada nos dedos de uma mão acostumada a segurar amarras.

Ao terminar o brinde, antes mesmo de Noboru pedir, começou a contar sobre o furacão que enfrentara no mar do Caribe.

— Quando o navio começa a balançar, é impossível cozinhar arroz. Mesmo assim, damos um jeito e fazemos bolinhos prensados. Como não é viável colocar as tigelas sobre as mesas, sentamos no chão e tentamos comer de alguma forma. Esse furacão no mar do Caribe foi desta vez muito forte. Com mais de vinte anos, o Rakuyo é um velho barco adquirido no exterior e, quando se depara com mau tempo, logo começa a ter infiltração. A água penetra sem parar pelos orifícios dos arrebites no porão do navio. Quando isso acontece, não há diferença entre oficiais e marinheiros que se unem, parecendo ratos molhados, para retirar a água, aplicar revestimento impermeabilizante e criar caixas de preparação de cimento para inseri-lo quanto antes. Durante o trabalho, mesmo sendo atirados contra uma parede ou lançados na escuridão devido a um corte de energia, não temos tempo sequer para ficar com medo. Mas, olha, mesmo há anos vivendo em um navio, detesto tempestades. Cada vez que enfrento uma, acho que será o meu fim. Também no caso desse furacão, o crepúsculo no dia anterior se assemelhava bastante a um grande incêndio, o vermelho um pouco escurecido, com o mar em total calmaria... Tive um estranho pressentimento, mas...

Fusako gritou tampando os ouvidos com as mãos.

— Pare, pare. Não quero ouvir mais nada.

Noboru achou um tanto teatral que a mãe, ouvindo essa história de aventuras contada para Noboru, tampasse os ouvidos em protesto. Ou estaria Ryuji desde o início contando a história para ela?

Noboru sentiu uma sensação desagradável ao pensar nisso. O tom usado por Ryuji era diferente daquele usual ao contar semelhantes histórias sobre a vida no mar.

Parecia o mesmo tom usado por um vendedor ambulante que desce das costas um grande saco, expõe os diversos artigos no chão para que todos vejam e, tomando-os em suas mãos imundas, começa a discorrer: furacão no mar do Caribe, paisagem ao longo do canal do Panamá, festival cheio de poeira vermelha no interior do Brasil, uma tromba-d'água tropical inundando um vilarejo num instante, papagaios de inúmeras cores com seus gritos estridentes sob o céu soturno...

Capítulo 3

O Rakuyo partiu em 5 de janeiro. Ryuji, porém, não estava a bordo, permanecendo como convidado na residência da família Kuroda.

A Rex reabriu no dia 6. Fusako, radiante porque o Rakuyo partira sem Ryuji, chegou à loja pouco antes do meio-dia e recebeu do gerente Shibuya e dos demais funcionários cumprimentos pelo novo ano.

Enquanto a loja estava fechada, a fatura de algumas dúzias de artigos chegou do distribuidor inglês.

À Rex & Co., Ltda.
Yokohama
Pedido número 1062-B

O nome do navio era Eldorado. A entrega se constituía de duas dúzias e meia de pulôveres e coletes masculinos, uma dúzia e meia de calças tamanhos 34, 38 e 40, no total de 82.500 ienes que, somados à comissão de dez por cento, se elevava a 90.750 ienes. Mesmo mantendo na loja os produtos por um mês, poderiam obter um lucro de cerca de cinquenta mil. Isso porque metade dos artigos fora pedida por um cliente e a outra metade poderia ser vendida a qualquer tempo. Por mais que não conseguissem comercializar todos os itens, um ponto forte das mercadorias inglesas de um distribuidor de primeira linha era não sofrerem depreciação. Os preços de varejo eram definidos na Inglaterra e a transação seria cancelada caso vendessem barato.

— No dia 25 deste mês, a casa comercial Jackson vai apresentar seus lançamentos de primavera-verão. Recebemos o convite. — O gerente Shibuya veio até o escritório de Fusako para anunciar.

— É mesmo? Isso significa que estaremos concorrendo com os compradores das grandes lojas de departamentos de Tóquio. Mas são um bando de cegos.

— Nunca vestiram roupas boas, não entendem de coisa alguma.

— É verdade.

Fusako assinalou a data em sua agenda de mesa.

— Amanhã é o dia de nossa ida ao Ministério da Indústria e Comércio, não? Não sou muito boa para lidar com burocratas. Ficarei apenas de lado sorrindo enquanto você se entende com eles.

— Deixa comigo. Um dos alto funcionários é um velho amigo meu.

— Ah, sim, você havia comentado. Fico mais aliviada.

Buscando satisfazer o gosto de novos clientes, a Rex celebrou um contrato especial com a loja de roupas masculinas Men's Town and Country, de Nova York, que já emitira as cartas de crédito. Fusako agora precisava solicitar a autorização de importação ao ministério.

— Há tempo queria perguntar: como está sua saúde? — lembrou Fusako de repente, olhando para a gola do colete de pelo de camelo do velho gerente, de pé, esbelto e elegante, do outro lado da mesa.

— Não muito bem, infelizmente. Creio ser nevralgia, mas a dor se espalha por todo o corpo.

— Foi ao médico?

— Não, com as festas de Ano-Novo...

— Mas o senhor tem se sentido mal desde o fim do ano passado.

— Estava muito ocupado no fim do ano para ir ao médico.

— É melhor marcar uma consulta quanto antes. Se o senhor cair doente, estou perdida.

O gerente sorriu de modo vago e, nervoso, verificou a situação do nó de sua gravata bem apertada com a mão branca, salpicada de manchas na pele.

Uma atendente entrou pela porta aberta para comunicar a chegada de Yoriko Kasuga.

— Será que ela está de novo filmando por aqui?

Fusako desceu até o pátio. Yoriko viera sozinha, sem acompanhante. Vestia um casaco de visom e, de costas, admirava a vitrine.

Depois de comprar apenas um batom Lancôme e uma caneta-tinteiro feminina Pelikan, o rosto da renomada atriz de cinema se iluminou de alegria ao ser convidada por Fusako para almoçar. Ela escolheu ir ao Centaure, um pequeno restaurante francês situado na rua de trás, logo após atravessar a ponte Nishino. O local, ponto de encontro de iatistas, era administrado por um velho gourmet que no passado trabalhara no consulado francês até sua aposentadoria.

Fusako observava a atriz como se quisesse mensurar a solidão dessa simples porém fleumática mulher. Yoriko não fora agraciada com nenhum dos prêmios de cinema que almejava no ano anterior, e não havia dúvida de que viera hoje a Yokohama para fugir dos olhares daqueles que a viam como uma derrotada. Apesar de contar com um séquito de seguidores, a única pessoa com quem poderia se abrir e ser ela mesma era a proprietária da loja de artigos ocidentais importados, com a qual nem tinha muita intimidade. Fusako prometeu a si mesma não fazer menção durante o almoço a prêmios de cinema.

Comeram uma *bouillabaisse* acompanhada do "vinho da casa", orgulho do restaurante. Como Yoriko não podia ler o menu redigido em francês, Fusako escolheu por ela.

— *Mama-san*, como você é bela. Eu daria tudo para me parecer com você — declarou Yoriko, ela própria de grande beleza.

Fusako imaginou que não havia alguém que depreciasse tanto a própria beleza como Yoriko. Apesar de possuir seios esplêndidos, lindos olhos, um nariz de belo formato e lábios estonteantes, era atormentada por um imensurável complexo de inferioridade. Com agonia acreditava não ter amealhado prêmios como atriz por ser vista aos olhos masculinos apenas como uma refeição por demais saborosa.

Fusako contemplava diante de si essa infeliz mulher, linda e muito famosa, se encher de prazer ao assinar o livro de autógrafos a pedido de uma garçonete. O bom humor de Yoriko podia ser medido por sua atitude ao conceder autógrafos. A inebriante magnanimidade ao assinar era tanta que seria provável dar um dos seios se lhe pedissem.

— As únicas pessoas no mundo em quem confio são os meus fãs. Mesmo que esqueçam as coisas com facilidade — afirmou Yoriko acendendo, de modo descortês enquanto comia, um cigarro feminino importado de fina espessura.

— Você não confia em mim? — perguntou Fusako em tom jocoso. Ela já previa a reação feliz de Yoriko a essa pergunta.

— Se não confiasse, não teria vindo até Yokohama. Você é minha única amiga. De verdade. Acredite em mim... Há muito tempo não me sentia tão tranquila. Graças a você, *mama- -san*. — Yoriko a chamou pelo nome que Fusako detestava.

No reduzido espaço do restaurante, de paredes decoradas com várias aquarelas de iates históricos, como o *Merry* do século XVII e o *America* do século XIX, apenas as toalhas de mesa em xadrez vermelho eram de cor vibrante, e elas, as únicas clientes no local. Os velhos caixilhos da janela faziam ruído sob o forte vento norte e, através dela, viam-se na rua deserta as folhas de jornal volteando pelo ar. Só as paredes cinza dos armazéns bloqueavam a visão.

Yoriko terminou a refeição sempre mantendo sobre os ombros o casaco de visom. O pesado colar de elos dourados balançando sobre o peito lembrava as cordas de palha trançada que adornam os carros alegóricos dos festivais xintoístas. Satisfeita, ela havia escapado do mundo de intrigas, bem como das próprias ambições como uma vigorosa trabalhadora que, entre uma e outra árdua tarefa, come sentada ao sol em um gramado ressequido.

Nesses momentos tornava-se aparente nessa mulher, cujos motivos para a felicidade ou infelicidade pareceriam sempre frágeis a um observador, a força vital para alimentar as dez pessoas da família que dela dependiam. Tal vitalidade residia justamente naquilo que ela própria menos percebia: sua beleza.

Fusako de repente sentiu em Yoriko a confidente ideal que procurava. E, assim, acabou abrindo fácil seu coração. Enquanto falava, inebriada pela felicidade daquilo que contava, acabou discorrendo sobre tudo em detalhes.

— Nossa. Ele lhe deu a caderneta bancária com esses dois milhões de ienes e seu carimbo pessoal?

— Tentei recusar de todas as formas, mas...

— Não há por que recusar. Que homem! O valor em si não significa nada para você, mas a intenção dele deveria alegrá-la. É difícil encontrar homens como ele hoje em dia. Os que se aproximam de mim são todos aproveitadores, tramando me enganar. Você é mesmo muito afortunada.

Fusako jamais poderia imaginar que Yoriko fosse tão pragmática e que, ao terminar de ouvir o relato, lhe oferecesse pronta orientação. Em primeiro lugar, tendo como pressuposto o casamento, aconselhou Fusako a contratar uma agência de detetives particulares para solicitar uma investigação. Precisaria providenciar uma foto de Ryuji e cerca de trinta mil ienes. Se tudo corresse rápido, teria os resultados no mais tardar em uma semana. Yoriko conhecia uma agência de confiança e prontificou-se a apresentá-la quando quisesse.

Em segundo lugar, embora não houvesse motivo para preocupação, havia a possibilidade de contrair uma doença de marinheiro e, sendo assim, deveria ir com Ryuji a um hospital confiável, realizarem exames e compartilharem os atestados de saúde depois.

Em terceiro lugar, não havia necessidade de grandes preocupações com a questão do filho, pois, ao contrário de uma madrasta, se tratava do relacionamento de um menino com seu novo pai. Além do mais, se Noboru o venerava como um herói e sendo Ryuji em sua essência um homem gentil, por certo os dois se entenderiam bem.

Em quarto lugar, não deveria deixar Ryuji viver um momento sequer na ociosidade. Se Fusako pretendia torná-lo o futuro responsável pela Rex, e considerando que o gerente Shibuya estava com a saúde debilitada, ela deveria já, a partir do dia seguinte, ajudar Ryuji a aprender sobre os negócios da loja.

Em quinto lugar, o caso da caderneta bancária deixava claro que Ryuji não era um homem interesseiro, porém, desde o ano anterior, havia uma severa recessão no transporte marítimo e as ações das empresas de navegação caíram uma após a outra. Em uma época como essa, Ryuji devia pensar em largar sua profissão de marinheiro dali em diante e, sendo Fusako viúva, deveria tomar cuidado para não se tornar subserviente a um patife, adotando uma atitude de igualdade para não ser tratada com desdém pelo parceiro.

Yoriko explicou tudo isso de forma rápida, como se ensinasse a uma criança, ainda que Fusako fosse na verdade mais velha. Ela se espantou que uma mulher que até então havia tomado por tola pudesse se expressar com tamanha lógica.

— Você passa muita firmeza naquilo que fala — afirmou Fusako admirada.

— É fácil quando se conhece bem as artimanhas masculinas. Havia alguém com quem desejei me casar no passado. Contei ao diretor artístico da empresa para a qual trabalho. Muragoshi, da Koei. Você deve conhecê-lo, é famoso no *métier*. Ele não disse absolutamente nada sobre minha carreira, popularidade ou contrato. Primeiro, mostrou-me um simpático sorriso, inigualável, para então me parabenizar e aconselhar o mesmo que acabei de lhe dizer, *mama-san*. Como me pareceu muito trabalhoso, deixei tudo nas mãos dele. Depois de uma semana, descobri que o tal homem tinha três mulheres, dois filhos ilegítimos e, se não bastasse, estava doente. Compreendi que se tratava de um preguiçoso que após o casamento expulsaria minha família e viveria na indolência... Que acha? Os homens são assim. Mas claro que há exceções.

Fusako odiou Yoriko a partir desse momento e de maneira estranha também incorporou a esse ódio a fúria de uma burguesa honesta e respeitável. Sentiu que a inconsciente insinuação de Yoriko não se dirigia apenas a Ryuji, mas constituía um insulto a seu sobrenome e sua educação irrepreensíveis, à tradição da família Kuroda, sólida e refinada, estendendo a desonra a seu finado marido.

Na realidade, uma vez que a criação de Fusako fora totalmente diferente daquela de Yoriko, não haveria razão para que seu caso de amor se parecesse com o da atriz.

"É preciso fazê-la compreender, mais cedo ou mais tarde. No momento não há como, ela é uma cliente da loja", Fusako mordia os lábios refletindo sobre o assunto.

Sem que ela própria percebesse, sua fúria a colocava em uma posição incompatível com a repentina paixão avassaladora do final de verão do ano anterior. No fundo, estava furiosa não tanto por causa de Ryuji, mas pela família sólida que criara desde a morte do marido, constituída por ela e pelo filho. Ouviu as insinuações de Yoriko e as entendeu como aquilo que mais temia, a primeira pressão de crítica da sociedade à sua "imprudência". Quando um "final feliz" adequado estava prestes a redimir essa imprudência, eis que Yoriko lhe brinda de propósito com palavras agourentas. Fusako se enfureceu pelo falecido marido, se enfureceu pela família Kuroda, se enfureceu por Noboru, enfim, empalideceu por toda a fúria gerada por suas apreensões.

"Ao contrário do que pensa essa tola mulher, se Ryuji fosse mesmo um oportunista cheio de segredos jamais ganharia minha confiança. Tenho bom senso bastante robusto e seguro", pensou Fusako. Isso seria equivalente a negar sua incompreensível paixão do verão passado, mas esse sussurro interno de súbito entrou em ebulição, intensificando-se, ameaçando perigosamente vazar em palavras.

Yoriko bebia com calma o café após a refeição, alheia à agitação no coração de Fusako.

De modo abrupto, Yoriko dobrou um pouco a manga esquerda do quimono mostrando a parte interna do pulso branco.

— Por favor, prometa guardar segredo. Vou revelar porque confio em você, *mama-san*. Essa cicatriz é da época em que todo o incidente aconteceu. Tentei o suicídio me cortando com uma lâmina de barbear.

— Estranho. Não foi noticiado nos jornais — Fusako se apressou a dizer com insolência, voltando a si.

— Muragoshi correu para todo o lado para abafar as notícias do caso. Mas sofri uma hemorragia séria.

Yoriko levantou alto o pulso e, após tocá-lo de leve com os lábios de maneira piedosa, o estendeu em direção a Fusako para que pudesse verificar. Fusako menosprezou as marcas que, desde o início, já dera por rasas e incertas, apenas algumas linhas brancas irregulares que não podiam ser notadas por um olhar menos atento. Examinou com vagar e cuidado, como se não percebesse as cicatrizes por mais que tentasse.

— Sinto muitíssimo. Se tivesse conseguido seu intento, haveria muita gente no Japão chorando por você. Seria uma perda irreparável. Uma moça com um corpo tão lindo. Prometa jamais fazer isso outra vez — pediu Fusako, franzindo as sobrancelhas, de novo a proprietária da loja Rex.

— Não farei, nem precisa pedir. Foi pura estupidez. Pelo menos agora dedico minha vida àqueles que chorariam minha morte. Você também choraria, *mama-san?*

— Iria muito além de chorar. Mas deixemos de lado essa conversa — propôs Fusako com irresistível candura.

Normalmente, procurar a competente agência de detetives recomendada por Yoriko seria um começo pouco auspicioso, mas, por puro despeito, Fusako queria receber deles o resultado oposto ao que Yoriko obtivera.

— Bem, justo amanhã preciso ir a Tóquio com nosso gerente. Quando terminarmos nosso compromisso, eu me livro dele e vou sozinha até a agência de detetives. Você poderia escrever no seu cartão de visita uma nota de apresentação para mim?

— Claro, nada mais fácil.

Yoriko retirou da bolsa de couro de crocodilo a caneta-tinteiro feminina que havia comprado pouco antes e, depois de vasculhar bastante, um pequeno cartão de visita.

***

Oito dias depois, Fusako fez uma longa ligação telefônica a Yoriko para, orgulhosa, lhe dizer o seguinte.

— Estou ligando para lhe agradecer. Realmente estou muito grata. Fiz tudo da maneira como você sugeriu... E foi muito bem-sucedido... O relatório da investigação é muito interessante. Trinta mil ienes foi barato. Quer que eu o leia? Você tem tempo agora? Pois bem, ouça em nome do nosso relacionamento.

Relatório de Investigação Especial

Atendendo à vossa solicitação, apresentamos a seguir o relatório dos resultados de nossa investigação relativa aos itens requeridos.
1. *Investigação Relativa a Ryuji Tsukazaki*
2. *Questões Alvo da Investigação: Autenticidade de todo o currículo do investigado, sua relação com mulheres, situação ou não de coabitação, outros.*

Não há discrepâncias no currículo do investigado em relação ao que é do conhecimento da requerente.

> *Masako, sua mãe, faleceu quando ele contava dez anos, e Hajime, seu pai, trabalhava na subprefeitura de Katsushika, em Tóquio. Sem contrair novo matrimônio, o pai dedicou-se à criação do casal de filhos. A residência da família foi incendiada em um ataque aéreo em março de 1945 e Yoshiko, sua irmã mais nova, morreu de tifo epidêmico em maio do mesmo ano. Após se formar pela escola de ensino médio da Marinha Mercante...*

— Bem, o relatório segue desse jeito. Está bem mal redigido. Vou pular uma parte...

> *No que tange às relações com mulheres, inexistem, pelo menos até a presente data, relacionamentos permanentes, não se verificando coabitação nem relações amorosas prolongadas no passado.*

— Então, o que acha disso?

> *O investigado tem ligeira tendência à teimosia, é bastante dedicado em suas funções, dotado de grande senso de responsabilidade e excelente saúde, e não foram identificadas doenças pregressas. Até a presente data, conforme os resultados da investigação, nem ele nem seus familiares apresentaram sinais de terem sofrido de doenças mentais ou hereditárias.*

— Sim, sim, ainda tem o seguinte.

O investigado não possui empréstimos monetários, tampouco dívidas ou adiantamentos de valores tomados de empregadores, sendo sua situação financeira considerada impecável. Tem por temperamento gostar da solidão e, por não se sentir à vontade em sociedade, nem sempre se entende bem com seus colegas...

— Basta que ele se entenda bem comigo... Ah, é? Um cliente? Vou precisar desligar. De verdade, obrigada. Como você é amável. Eu queria apenas lhe dar uma palavra de agradecimento. Espero sua visita em breve... Ele? Sim, tem vindo à loja há alguns dias para aprender, como você mesma sugeriu. Quando vier, posso apresentá-lo a você. Sim... Sim... Muito obrigada mais uma vez. Até a próxima.

Capítulo 4

As aulas na escola de Noboru iniciaram no dia 11, mas foram apenas até o meio-dia. O grupo não tivera oportunidade de se reunir durante o feriado de Ano-Novo. O chefe, em particular, foi levado por um capricho dos pais em uma viagem para a região de Kansai. Juntos após um longo tempo, os meninos procuraram um local deserto, depois de fazerem a refeição na escola, seguindo até a ponta do cais Yamashita.

— Vocês devem achar que lá faz um frio congelante. Todo mundo pensa assim, mas é um engano. Na realidade, há ali um bom abrigo contra o vento — explicou o chefe.

Desde o meio-dia o céu estava nublado e o tempo esfriara. No caminho até o extremo do cais, os meninos viravam o rosto de lado por causa do vento norte que soprava direto do mar sobre eles.

Exceto por um dos ancoradouros, as obras de aterro nesse extremo haviam sido concluídas. O mar ondulava cinzento e algumas boias oscilavam, lavadas sem cessar pelas ondas. No cinturão de fábricas no sombrio lado oposto, viam-se com nitidez apenas as cinco chaminés de uma usina elétrica, com uma pesada fumaça amarela violando a linha tênue dos telhados. Da draga atracada à esquerda do ancoradouro, diversas vozes, fortes e cadenciadas, ressoavam na água. Mais afastados, os baixos faróis vermelhos e brancos formavam colunas à entrada do porto que, vistas dali, pareciam quase como uma única.

À direita, de frente para o hangar número 5 da administração municipal, estava atracado um cargueiro de cinco ou seis mil toneladas terrivelmente envelhecido, com uma bandeira acinzentada pendendo na popa. Para além do hangar, parecia haver um navio estrangeiro ancorado. As lindas gruas brancas balançavam, erguendo-se por trás dos hangares, única luminosidade nessa paisagem soturna e deprimente.

De imediato, eles puderam entender o que significava o abrigo do vento mencionado pelo chefe. No espaço vazio entre o cais e os armazéns, havia contêineres prateados e verdes formando uma espécie de pequeno vilarejo, grandes o suficiente para conter com facilidade um bezerro. Expostas às intempéries, grandes caixas de madeira compensada envoltas em fitas de aço tinham o nome do respectivo exportador inscrito em placas de ferro pintadas também de prata.

No vilarejo, os seis meninos passaram em silêncio pelos vãos entre os contêineres e, como verdadeiras crianças, gastaram o tempo correndo desenfreados entre os caixotes, dando encontrões e perseguindo uns aos outros. Todos estavam molhados de suor quando o chefe descobriu, no meio do vilarejo, um contêiner com duas laterais rompidas mas que ainda conservava a fita de aço e, esvaziado de seu conteúdo, deixava à mostra a cor viva do compensado de seu interior.

O chefe soltou um grito, semelhante ao de um picanço, para reunir os meninos dispersos. Alguns se sentaram no chão de compensado, outros permaneceram de pé, apoiando o braço nas fitas de aço. Imaginaram que seu estranho veículo estava prestes a ser suspenso por uma grua e elevado até o nublado céu de inverno.

Leram em voz alta, um após o outro, os rabiscos nas paredes internas de madeira compensada. "Vamos nos encontrar no parque Yamashita", "Esqueçamos tudo, sejamos irresponsáveis"... Como em um poema clássico, cada verso escrito por diferentes pessoas representava de maneira diligente uma distorção dos desejos e sonhos do verso anterior. "Jovens, apaixonem-se!", "Vamos esquecer as mulheres. Elas de nada servem", "Nunca deixe de sonhar!", "Tenho o coração negro, uma cicatriz negra"... Entre eles, depreendia-se o espírito fremente de um jovem marinheiro: "*I have changed, I'm a new man* [Eu mudei. Sou um novo homem]"... Um cargueiro desenhado lançava quatro setas: a da direita indicava Yokohama, a do alto, "*Heaven*" [*Paraíso*], e a de baixo, "*Hell*" [Inferno]. E "*All forget*" [Tudo esquecer], escrita em letras garrafais, era enfatizada por um círculo grande e vigoroso. Havia ainda o autorretrato de um marinheiro de olhos abatidos, com a gola do casaco levantada, fumando um cachimbo de marujo. Todos exprimiam a solidão e as ansiosas aspirações dos marinheiros, cinzeladas por orgulho pessoal e uma esmagadora melancolia. Tão exemplares, como mentiras. Um exagero triste e obstinado de suas qualificações por sonharem com quem desejavam ser.

— É tudo um punhado de mentiras — exclamou o chefe enfurecido. Fechando a mão branca, infantil e sem força, socou a rabiscada parede de compensado. Sua pequena mão era para todos os seis um símbolo de desespero. Agora eram rejeitados até mesmo pelas mentiras.

Não fora o chefe que certa vez havia dito que, no final, apenas eles conseguiriam arrancar o rótulo de "impossibilidade" colado no mundo?

— Número três, o que anda fazendo seu herói desde nossa última reunião? Ouvi dizer que ele voltou — perguntou o chefe com frieza e malícia, sentindo todos os olhares voltados para si. Enquanto falava, retirou às pressas do bolso do sobretudo um par de luvas de couro e, depois de vesti-las, dobrou os punhos o suficiente para deixar o vermelho-vivo do forro à mostra.

— Sim, voltou — respondeu Noboru de modo vago. Na realidade, não desejava que o assunto tivesse vindo à baila.

— E enquanto esteve em viagem pelos mares aconteceu algo sensacional?

— Bem... Ah, ele contou que se deparou com um furacão no mar do Caribe.

— É mesmo? Talvez tenha com um balde derramado água sobre a cabeça e se ensopado como um rato? Como daquela vez que tomou banho no bebedouro do parque?

Todos riram ao ouvir as palavras do chefe. E uma vez que riram, não paravam. Noboru se viu motivo de chacota, mas graças ao seu orgulho logo recuperado conseguiu relatar sobre o dia a dia de Ryuji como se descrevesse os hábitos de um inseto.

O marinheiro permaneceu ocioso em casa até 7 de janeiro. Noboru levou um grande choque ao tomar conhecimento que o Rakuyo havia partido dois dias antes. Aquele homem, cuja existência toda estava atada ao Rakuyo, que era parte da luminosidade do navio se afastando quando zarpara no verão, tinha acabado de se separar daquele belo conjunto, banindo voluntariamente de seu sono as embarcações e os fantasmas das viagens marítimas.

Na verdade, Noboru esteve todo o tempo junto de Ryuji durante as férias e ouviu dele várias histórias do mar, obtendo conhecimentos amplos aos quais nenhum outro colega teria acesso. Porém não eram esses conhecimentos que Noboru desejava, mas as gotas verdes deixadas para trás quando, apressado em meio a uma história, Ryuji desse um salto e partisse para o mar.

O mar, o navio, os fantasmas das viagens marítimas só existiam nessa gota verde brilhante. Mas a cada dia Ryuji se impregnava do detestável cheiro cotidiano da vida em terra. O odor do lar, da vizinhança, da paz, do peixe frito, dos cumprimentos, da mobília no mesmo lugar, dos livros de contabilidade doméstica, das viagens no fim de semana... Todos os maus cheiros imbuídos nas pessoas de terra, o fedor da morte.

Ryuji começou então a empreender vários e sérios esforços para incorporar a cultura das pessoas de terra, iniciando a leitura dos tediosos romances e coleções de livros de arte recomendados por Fusako, aprendendo inglês em um curso televisivo, acompanhado de um texto isento de termos náuticos, ouvindo as lições de Fusako sobre a administração da loja, começando a se vestir com as roupas inglesas de "bom gosto" que ela sempre lhe trazia da loja, usando trajes ocidentais e sobretudos. E por fim, em 8 de janeiro, Ryuji acompanhou Fusako à loja pela primeira vez. Ficou entusiasmado nesse dia ao vestir um terno inglês novo em folha, aprontado às pressas.

— Entusiasmado — falou Noboru em um tom como se tivesse gelo na ponta da língua.

— Entusiasmado — repetiu o número um, imitando-o.

À medida que ouviam, todos pararam de rir. Eles entenderam aos poucos a gravidade da situação. Ali, previram o fim de seus sonhos conjuntos e um futuro apavorante. Talvez neste mundo não ocorresse algo tão extremo!

Nesse momento, viram por entre as frestas estreitas do conjunto de contêineres a silhueta de uma lancha cortando perpendicular a superfície da água, levantando ondas brancas. O som do motor continuou por um bom tempo conforme se distanciava.

— Número três. Você quer fazer desse cara de novo um herói? — disse o chefe lânguido, recostado à parede de madeira compensada.

Ao terminar de falar, Noboru sentiu um frio súbito, agachou-se, calado, e com os dedos enluvados brincou com a ponta de seu sapato. Em seguida, deu uma resposta evasiva.

— Mas até agora ele mantém guardados com carinho no armário seu quepe de marinheiro, seu casaco e um sujo pulôver de serviço de gola rulê. Não parece ter a intenção de jogá-los fora.

— Só há um jeito de fazer com que ele volte a ser um herói. Porém não vou revelar neste momento qual é. A hora em que poderei contar chegará em breve — declarou o chefe com voz gélida e límpida, unilateral como sempre, sem fazer caso da resposta de seu interlocutor.

Quando o chefe dizia algo assim, ninguém tinha o direito de procurar o sentido de suas palavras. Sem esforço, logo mudou o assunto para falar de si próprio.

— Agora vou falar sobre mim. Na viagem no Ano-Novo permaneci o tempo todo colado aos meus velhos, de manhã à noite, coisa que não acontecia fazia tempos. Ah, os pais! Pensem bem. A mera existência deles faz vomitar. São a própria encarnação do mal e carregam neles todas as mazelas humanas. Não existe um pai bom. Isso porque o próprio papel de pai se reveste de algo maligno. Pais rígidos, pais doces, pais moderados, todos são igualmente ruins. Eles bloqueiam os caminhos de nossa vida, jogando sobre as costas dos filhos tudo o que há de mais estúpido: seu complexo de inferioridade, os desejos não realizados, ressentimentos, ideais, as inconfessáveis fraquezas de toda a vida, culpas, doces sonhos, preceitos jamais seguidos por falta de coragem… Meu pai, com toda sua indiferença, não constitui exceção à regra. Sua consciência, culpada por em geral não prestar atenção aos filhos, acaba por fazê-lo ansiar pela compreensão de sua cria. No Ano-Novo fomos a Arashiyama e, enquanto cruzávamos a ponte Togetsuki, perguntei: "Pai, qual é o objetivo da vida?" Vocês entendem, não? Na verdade, questionava o porquê de estar vivendo e se não seria melhor que desaparecesse quanto antes. Mas ele não é do tipo capaz de entender tal refinada insinuação. Espantado, virou-se para mim de olhos arregalados, com desconfiança. Detesto esse tipo de surpresa idiota nos adultos. E logo respondeu: "Filho, o objetivo da vida não pode ser oferecido por ninguém. É preciso criá-lo com suas próprias forças." Que resposta banal e idiota. Naquele momento, ele só apertou um dos diversos botões para dizer as palavras que são esperadas de um pai. Vale a pena constatar o olhar de desconfiança dos pais a tudo que é criativo, ansioso por estreitar de uma vez o mundo. Eles são máquinas de ocultar a realidade, máquinas de suprir os filhos com mentiras e, como se não bastasse, secretamente acreditam ser os representantes da realidade, o que é ainda pior. Pais são as moscas deste mundo. Sondam o momento certo para se grudarem às nossas podridões. São moscas asquerosas bradando aos quatro ventos que treparam com nossas mães. Para eles não há limites se for para a absoluta destruição de nossa liberdade e capacidade. Tudo para proteger as cidades imundas que construíram para si.

— Meu pai ainda não comprou a espingarda de ar comprimido para mim — sussurrou o número dois, abraçando os joelhos.

— Ele nunca vai comprar. Está na hora de você entender que um pai que compra uma espingarda para um filho é tão ruim quanto um que não compra.

— Meu pai me bateu de novo ontem. Foi a terceira vez desde o Ano-Novo — disse o número um.

— Bateu? — Noboru repetiu horrorizado.

— Ele me dá tapas no rosto e às vezes socos.

— E por que você aceita calado?

— Não tenho força suficiente para revidar.

— Sendo assim, então você... Por que você... — excitado, Noboru gritou com voz aguda — não lambuza a torrada dele com cianeto de potássio ou algo do gênero?!

— Apanhar não é o pior — afirmou o chefe, erguendo de maneira sutil o canto dos lábios finos e vermelhos. — Há coisas muito piores. Você não sabe. É um afortunado. Desde que seu pai morreu, tornou-se o escolhido. Mas você precisa tomar conhecimento da maldade deste mundo. Caso contrário, nunca se tornará alguém forte de verdade.

— Meu pai sempre volta para casa bêbado e maltrata minha mãe. Quando eu tento protegê-la, ele diz sorrindo, com o rosto pálido: "Não se intrometa. Quer tirar esse prazer de sua mãe?" — disse o número quatro. — Mas agora eu sei. Meu pai tem três amantes — acrescentou.

— Meu pai reza o tempo todo para Deus — disse o número cinco.

— O que ele pede nessas rezas? — indagou Noboru.

— Segurança para a família, paz na terra, prosperidade nos negócios e coisas assim. Meu pai acredita que somos uma família-modelo. O ruim é ter convencido minha mãe a pensar exatamente como ele. A casa toda é imaculada, honesta e boa. Deixamos até comida para os ratos que moram no teto para que não cometam a vilania de roubar. Ao terminarmos uma refeição, lambemos todos os próprios pratos por inteiro para não desperdiçar as dádivas divinas.

— Essa é uma ordem de seu pai?

— Meu pai nunca ordena nada. Ele vai fazendo e, por fim, todos temos de imitá-lo... Você é um felizardo. Precisa valorizar sua boa sorte.

Além da frustração por não ter sido infectado pela mesma bactéria que todos, Noboru tremia ao pensar que a boa sorte recebida por puro acaso tinha a delicadeza de uma peça de vidro. Graças a essa benevolência teria ele vivido até aquele momento livre do mal? Sua pureza era tão frágil como a da lua nova. Sua inocência tinha formado uma complexa rede de antenas voltadas para o mundo, mas quando seriam quebradas? Quando o mundo iria perder sua imediata vastidão e vestir nele uma asfixiante camisa de força? Esse dia não estaria longe... Ao pensar nisso, Noboru podia sentir algum tipo de insana coragem brotar dentro de si.

O chefe virou em direção a Noboru, mas, na medida do possível, evitou olhar para o seu rosto. Com a face rachada pelo frio e franzindo as delicadas sobrancelhas raspadas em formato de lua crescente, contemplou pelas frestas do contêiner a fumaça e as nuvens acumuladas sobre o largo cinzento. Com seus pequenos dentes incisivos, afiados e brilhantes, mordia o forro vermelho da luva de couro.

Capítulo 5

A atitude da mãe mudara. Tornara-se afetuosa, começando a cuidar mais de Noboru sempre que o tempo lhe permitia. Era um evidente prenúncio de algo de difícil aceitação para ela.

Certa ocasião, Noboru desejou boa-noite e se dirigia ao seu quarto quando ouviu a mãe gritar "a chave, a chave", seguindo-o de chaveiro na mão. Ele sentiu uma certa estranheza ao ouvir suas palavras. Ela costumava acompanhá-lo para trancar a porta do quarto pelo lado de fora, um hábito de todas as noites. Por vezes, ela o seguia gentil, por outras, melancólica, mas nunca havia exclamado "a chave, a chave".

Ryuji, vestido com um robe de listras marrons e lendo um livro intitulado *Administração comercial na prática*, ergueu a cabeça como se tivesse de súbito ouvido as palavras de Fusako e a chamou.

— O quê? — No meio da escada, Fusako girou o corpo e respondeu com uma doce e aduladora voz que provocou um arrepio em Noboru.

— Que acha de parar de fechar a porta a chave a partir desta noite? Noboru já não é mais criança e consegue discernir entre o certo e o errado. Não é, Noboru?

Sua voz possante subia da sala de estar e se espalhava ampla. Na obscuridade do andar superior, Noboru permaneceu imóvel, sem responder, os olhos brilhando como os de um animalzinho acuado.

A mãe não repreendeu o filho por não responder, mantendo uma docilidade escorregadia como óleo.

— Que bom, não é? Ficou feliz? — Simpática, ela acompanhou Noboru até o interior do quarto e, para se certificar de nada ter sido esquecido para o dia seguinte, verificou seus livros escolares, a tabela de horários das aulas e se os lápis estavam bem apontados. Os deveres de casa de matemática que Ryuji o ajudara a fazer estavam prontos. A mãe vagueou pelo quarto e examinou toda a roupa de dormir do filho. A aparência dela era leve, seus movimentos bastante ágeis, lembrando uma dança subaquática. Por fim, deu boa-noite ao filho e deixou o cômodo. Noboru não ouviu o barulho com o qual há muito tinha se acostumado.

Assim que foi deixado sozinho, Noboru se sentiu inquieto. Deu-se conta da encenação teatral. Mas o fato de ter percebido não o consolava nem um pouco.

Ryuji e a mãe tinham montado uma armadilha para o coelho. Por certo esperavam que a raiva do animal cativo e o cheiro familiar da própria toca se transformassem em resignação e tolerância diante do mundo ao redor, por parte de uma criatura confinada por si mesma. Uma armadilha terrivelmente sutil para o coelho que, uma vez enredado, deixava de ser um coelho.

Noboru tremia, mesmo tendo abotoado o pijama até o pescoço, apreensivo por seu quarto não ter sido trancado a chave. Aqueles dois haviam começado a educá-lo. Uma educação horrorosa, destrutível. Queriam forçar a "maturidade" de um menino que em breve completaria catorze anos. Tomando emprestadas as palavras do chefe, em última análise, queriam pressioná-lo com a "podridão". Com a cabeça fervilhando, Noboru cogitou uma ideia impossível. Não poderia ele, permanecendo em seu quarto, estar ao mesmo tempo do lado de fora para trancar a porta a chave?

***

Alguns dias depois, ao voltar da escola, Noboru encontrou Ryuji e a mãe esperando por ele, vestidos com traje social. Disseram que o levariam ao cinema. Noboru se alegrou, era um filme em setenta milímetros que tinha causado grande furor, desejava muito vê-lo.

Após o cinema, foram a um restaurante no bairro chinês onde jantaram em uma pequena sala no andar superior da casa. Noboru gostava da comida, mas o que mais o atraía era a bandeja rotatória no centro da mesa.

Quando todos os pratos chegaram, Ryuji fez um sinal para Fusako com os olhos. Acreditando que naquele instante precisava tomar emprestada a força do álcool, ela havia bebido uma pequena quantidade de vinho chinês Laochu que tinha deixado seus olhos com um contorno avermelhado.

Noboru até então nunca recebera dos adultos um tratamento tão cordial, tampouco tinha visto demonstrarem diante dele tamanha hesitação. Parecia um rito particular dos adultos. Sabia o que iriam lhe dizer e isso o entediava. Do outro lado da mesa, Ryuji e a mãe constituíam uma visão espetacular, zelando por ele como se fosse um pequeno pássaro que pudesse se machucar e espantar com facilidade, vulnerável e delicado. Sobre um prato, tinham colocado esse passarinho de penugem ainda eriçada, frágil como se prestes a desmoronar, e agora pareciam pensar em uma maneira de devorar seu coração sem lhe causar mágoa.

Noboru não fazia objeção à imagem simpática de si criada por Ryuji e a mãe. Precisava se passar por vítima.

— Querido, escute bem o que a mamãe vai lhe dizer porque é algo muito importante. Você vai ter um papai. O senhor Tsukazaki vai se tornar seu pai.

Como escutava com um rosto inexpressivo, Noboru confiava aparentar perplexidade. Até ali tudo estava bem. Mas ele não podia imaginar a direção absurda que as coisas tomariam a seguir.

— Seu falecido pai era um homem verdadeiramente bom. Você tinha oito anos quando ele morreu e creio que deva ter muitas lembranças e saudade. Mas a mamãe tem vivido sozinha nos últimos cinco anos e creio que você também tenha se sentido solitário. Você deve ter pensado que, de fato, nós dois precisávamos de um novo pai. Você compreende, não? Não pode imaginar como eu desejava um papai maravilhoso para nós, forte e gentil. Como seu pai era um homem tão bom e honesto, eu hesitei bastante. Mas você já é adulto e sei que entende quão difíceis foram esses cinco anos quando fomos apenas você e a mamãe.

A mãe retirou às pressas da bolsa um lenço fabricado em Hong Kong e de maneira tola chorou.

— Tudo por você, Noboru, tudo por você. Não existe no mundo um pai tão maravilhoso, forte e gentil como o senhor Tsukazaki. A partir de hoje, chame-o de papai. Nós nos casaremos no início do próximo mês e vamos oferecer uma festa com muitos convidados.

Ryuji desviava o olhar do rosto calado de Noboru e continuava a beber seu vinho chinês Laochu, adicionando açúcar cristal, misturando, preparando mais uma dose. Receava parecer um desavergonhado aos olhos do menino.

Noboru sabia que, ao mesmo tempo que era tratado com muito carinho, também era temido. Essa doce intimidação o inebriava. Ao dirigir a eles a frieza de seu coração, percebia-se um leve sorriso no canto de seus lábios. O sorriso minúsculo visto no rosto de um aluno que foi à aula sem ter feito o dever de casa, mas com o orgulho de alguém que se atira de um penhasco.

Do outro lado da mesa de fórmica vermelha, Ryuji agarrou rápido esse sorriso com o canto dos olhos. De novo ele havia se enganado. Naquele momento, o sorridente rosto que Ryuji dirigiu sem hesitação a Noboru continha o mesmo tipo de exagero daquele outro dia no parque, quando o menino sentiu desespero e vergonha ao vê-lo com a camisa encharcada.

— Muito bem. Sendo assim, eu também daqui para a frente não o chamarei mais de Noboru, mas apenas filho. Vamos, aperte a mão do papai.

Ryuji estendeu a mão pesada por sobre a mesa. Noboru ofereceu sua mão com a dificuldade de alguém dentro d'água que avança a nado. Por mais que estendesse o braço, sentia que não alcançaria a ponta dos dedos de Ryuji. Por fim, as mãos se encontraram, os dedos grossos agarraram os seus e deu-se um aperto cálido e áspero. Noboru parecia preso em um redemoinho, sentindo o corpo rodopiar e ser arrastado para o mundo tépido e disforme que mais temia.

Nessa noite, sentiu-se enlouquecer após a mãe lhe dar boa-noite e fechar a porta sem trancá-la a chave. "O coração duro, o coração duro como uma âncora", repetia Noboru inúmeras vezes para si mesmo. Ao fazê-lo, quis a todo custo segurar nas mãos seu genuíno coração duro.

A mãe desligara o aquecedor a gás antes de deixar o quarto. Por todo o ambiente, frio e calor pareciam emaranhados em leves dobras. Tudo estaria bem se ele escovasse logo os dentes, vestisse o pijama e se aninhasse na cama.

Porém uma indesejável e elusiva languidez tornava tedioso até mesmo o despir do suéter. Nunca esperara com tanta ansiedade que a mãe retornasse alegando, por exemplo, ter esquecido de lhe dizer algo. Nunca desprezara tanto a mãe como naquela noite.

Noboru esperou em meio ao frio que se intensificava gradualmente. Cansado da espera, entregou-se a incoerentes devaneios. Fantasiou a mãe voltando e gritando o seguinte: "Foi tudo mentira. Desculpe por termos enganado você para nos divertir. Não vamos nos casar de forma alguma. Se fizéssemos isso, o mundo se tornaria um verdadeiro caos, dez navios-tanque afundariam no porto, muitos trens descarrilariam em terra, o vidro de todas as vitrines das lojas se quebraria e as rosas se tornariam negras como carvão."

Como a mãe não voltasse, fantasiou então uma situação na qual o retorno dela ao quarto representaria um transtorno absoluto. Ele já não era capaz de distinguir entre causa e efeito. Talvez a disparatada ansiedade de aguardar pela mãe se devesse ao desejo de aplicar-lhe um duro golpe, mesmo que ele também o sentisse.

Noboru foi assaltado por uma coragem que o deixou arrepiado e de mãos trêmulas. Desde a noite em que a mãe deixara de trancar a porta do quarto a chave, ele não tocara na cômoda. Havia uma razão para isso. Logo depois da volta de Ryuji, na manhã do dia 30 de dezembro, quando Noboru os observou trancados no quarto da mãe, conseguira ver a sucessão de confusos movimentos e formas até o seu ofuscante clímax. Mas ele não se sentia tentado a correr o risco da aventura de se enfiar dentro da cômoda em seu quarto pela manhã e com a porta destrancada.

No entanto, Noboru agora carregava dentro de si o sentimento de invocar o mal, desejando causar uma pequena revolução. Se ele fosse um gênio e o mundo não passasse de uma farsa, não haveria por que não existir nele a força para prová-lo. Bastaria provocar uma leve fissura no mundo, liso e plácido como uma xícara, no qual a mãe e Ryuji acreditavam.

Correu de súbito até a cômoda e segurou o puxador. Sempre retirava as gavetas sem emitir ruídos, mas desta vez as puxou fazendo barulho, deixando-as cair de maneira brusca no chão. Ele se manteve de pé ouvindo com atenção. Não escutou em resposta nenhum som dentro da casa, tampouco ruídos de passos subindo as escadas às pressas. Apenas o som dos agitados batimentos de seu coração em meio ao profundo silêncio.

Olhou o relógio. Ainda eram dez horas. Nesse momento, surgiu-lhe uma ideia bizarra. Estudaria dentro do espaço vazio da cômoda. Era uma maravilhosa ironia, impossível pensar em algo melhor do que isso para ridicularizar a ignobilidade das ideias dos adultos.

Noboru se enfiou no espaço da cômoda, levando suas fichas de vocábulos em inglês e uma lanterna de mão. Uma força misteriosa atrairia a mãe até o quarto. Vendo sua postura esquisita dentro do móvel, ela intuitivamente compreenderia o propósito dele. Transformada numa labareda de vergonha e raiva, ela o arrastaria para fora e estapearia seu rosto. Noboru, então, mostraria as fichas, com o olhar cândido de um cordeiro, e diria: "O que eu fiz de errado? Estava só estudando aqui dentro. É mais tranquilo em um espaço reduzido."

Ele pensou até esse ponto e riu, um pouco sufocado pelo ar poeirento.

Quando se encolheu para dentro do cubículo, a insegurança desapareceu e achou ridícula até mesmo a agitação que sentira antes. Embora nascida de uma mentira, os estudos pareciam de fato entrar com mais facilidade em sua cabeça. Seja como for, para Noboru ali eram os confins do mundo, entrava em contato direto com o universo desnudo. Não importava para quão longe fugisse, não passaria daquele local.

Dobrou o braço com dificuldade e à luz da lanterna leu cada uma das fichas.

Abandon... Abandono. Por ser uma palavra conhecida, ele sabia bem seu significado.

Ability... Habilidade, capacidade. Seria diferente de gênio?

Aboard... A bordo. O navio reaparece. Trouxe-lhe à memória os avisos pelo alto-falante sobre a passarela de embarque quando da partida do navio. Em seguida, a gigantesca sirene dourada, como uma declaração de desespero.

Absence... *Absolute*...

Sem se dar conta, Noboru adormeceu sob a luz da lanterna.

***

Já era bem tarde quando Ryuji e Fusako entraram no quarto. O anúncio feito a Noboru durante o jantar livrara seus corações de um pesado fardo e sentiam que tudo alcançava um novo patamar.

Quando foram para a cama, porém, uma estranha vergonha despertou em Fusako. Naquela noite haviam conversado bastante sobre assuntos sérios, discutido muito sobre as emoções do parentesco, além de experimentar pela primeira vez um profundo alívio, mas depois surgiu nela uma sensação ruim de indefinição em relação a algo sagrado e desconhecido.

Ao deitar de lado na cama vestindo um *négligé* preto de que ele gostava, Fusako pediu que apagasse as luzes, apesar da preferência de Ryuji até então pela claridade no quarto. Ele abraçou Fusako na escuridão.

Após tudo ser concluído, Fusako disse:

— Pensei que não teria vergonha com as luzes apagadas, mas foi o oposto. A escuridão total se transforma em um olho e me fez sentir como se estivesse sendo o tempo todo observada por alguém.

Ryuji riu do nervosismo dela e olhou ao redor do quarto. Com a cortina da janela fechada, não se podiam vislumbrar as luzes do lado de fora. Apenas se entrevia o indistinto reflexo da luz azulada do aquecedor a gás em um canto do quarto. Era exatamente como o céu noturno sobre uma cidadezinha distante. O tênue brilho das colunas de latão das camas tremeluzia no escuro.

De súbito, o olhar de Ryuji deteve-se sobre o lambril na parede divisória com o quarto contíguo. Por cima dele, perpassava a moldura em madeira gravada em estilo antigo. Uma luz débil irradiava desse ponto na escuridão.

— O que será aquilo? — perguntou Ryuji despreocupado.
— Será que Noboru ainda está acordado? Esta casa está bem avariada. Amanhã vou arranjar algo para tapar aquela fresta.

Como uma serpente, Fusako estendeu para fora da cama o branco pescoço nu e fitou o lugar por onde a luz vazava. Compreendeu com uma rapidez espantosa. Pegou o roupão ao lado e o vestiu enquanto se levantava. Sem dizer palavra, saiu correndo do quarto. Ryuji se apressou em chamá-la, mas não obteve resposta.

Ouviu-se o barulho da porta do quarto de Noboru sendo aberta. Seguiu-se um breve silêncio. Ao ouvir algo parecido com a voz chorosa de Fusako, Ryuji escorregou para fora da cama. Refletiu, porém, se deveria ir logo até lá ou não. Depois de vagar pelo quarto às escuras, acendeu a luz do abajur de chão, sentou-se no canapé ao lado da janela e acendeu um cigarro.

Noboru despertou ao ser arrancado para fora da cômoda, puxado pelas calças de forma repentina e violenta. Por um tempo, não entendeu o que se passava. A mão macia e fina da mãe caía sobre suas faces, nariz, lábios, por toda a parte, impedindo-o de manter os olhos abertos. Desde seu nascimento, pela primeira vez apanhava da mãe.

Ao ser arrastado e cair com metade do corpo prostrada no chão, uma das pernas acabou se enfiando dentro de uma camisa, entre as várias roupas espalhadas quando ele ou a mãe tropeçou na gaveta. Jamais imaginaria que a mãe pudesse ter tanta força.

Noboru, por fim, conseguiu enxergar a figura arquejante da mãe de pé, olhando para ele do alto.

A barra do roupão azul-escuro, de brocado com penas de pavão de prata, estava toda aberta fazendo com que as curvas da parte inferior do corpo da mãe parecessem estranhamente grandes, de aspecto ameaçador. Acima do tronco que aos poucos se estreitava, o pequeno rosto ofegante, triste e molhado de lágrimas, envelhecera de forma terrível em um instante. A distante lâmpada no teto envolvia seus cabelos desgrenhados em um halo de insanidade.

Noboru entendeu tudo num segundo, em um só olhar, e uma memória surgiu no fundo de seu cérebro gelado. Sentiu como se tivesse participado de um momento idêntico àquele havia longo tempo. Sem dúvida fora a cena do castigo vista por ele tantas vezes em sonho.

Com os olhos fixos no filho, a mãe começou a soluçar e gritou através das lágrimas, em uma voz de difícil compreensão.

— Que decepção. É uma grande frustração. Meu próprio filho fazer algo tão vil... Queria morrer. Ah, Noboru, como pôde fazer algo tão decepcionante?

Para sua surpresa, Noboru constatou que tinha perdido qualquer vontade de justificar dizendo estar estudando inglês como planejara pouco antes. Já não fazia mais diferença. A mãe não se enganara e tinha entrado em contato com a "realidade das coisas" que até então ela odiava mais do que sanguessugas. Nesse aspecto, tanto Noboru quanto a mãe estavam em pé de igualdade como nunca antes, à beira da empatia. Apertando a face, ardente por causa dos tapas, Noboru decidiu observar atento a situação na qual uma pessoa que havia se aproximado tanto podia evadir-se num átimo até uma distância inatingível. É evidente que a raiva e tristeza da mãe não tinham sido causadas pela descoberta da realidade em si. Noboru sabia que toda a vergonha e decepção que a tiraram do sério se originavam em um certo tipo de preconceito. De nada adiantaria a justificativa espirituosa, tendo sido imediata e banal a interpretação da mãe para essa realidade, causa de sua indignação.

— Isso tudo é demasiado para mim — declarou Fusako pouco depois, com uma voz calma a ponto de ser desagradável. — Não consigo lidar com um menino terrível como você. Espere um pouco. Vou pedir ao seu pai para lhe dar um castigo, para lhe aplicar uma punição severa para que você nunca mais repita o que fez.

A mãe visivelmente esperava que essas palavras fizessem Noboru chorar e se desculpar.

Mas nesse instante o coração de Fusako vacilou e pela primeira vez cogitou deixar a questão para ser tratada mais tarde. Se Noboru chorasse e se desculpasse ainda antes de Ryuji aparecer, dois momentos alinhavados que competiam entre si, tudo pareceria vago aos olhos de Ryuji e seu orgulho materno estaria preservado. Para tanto, as lágrimas e desculpas deveriam vir quanto antes e, uma vez que ela já tinha ameaçado Noboru de ser castigado pelo pai, não poderia mais insinuar uma solução de cumplicidade entre mãe e filho. Sendo assim, só restava a Fusako aguardar em silêncio.

Noboru também tinha se calado. Só lhe interessava o destino final da máquina posta agora em movimento. Dentro do escuro espaço da cômoda, estava à beira dos mares e desertos na amplidão de seu mundo. Como tudo nascera ali e porque seria punido por estar ali, ele não poderia retornar à cidade tépida dos homens nem baixar o rosto para seus gramados quentes e úmidos de lágrimas. Não pôde fazê-lo devido à promessa empenhada ao lindo apogeu dos seres adornados pelo ressoar daquela sirene, formas resplandecentes que vira com clareza conectadas em uma noite de final de verão através do pequeno orifício de observação.

A porta então se abriu após certa hesitação. O rosto de Ryuji pôde ser visto de relance.

Ao constatar que a oportunidade para ela e o filho havia sido perdida, a fúria tomou o coração de Fusako. Melhor seria se Ryuji não tivesse aparecido ou a acompanhado logo, desde o início. Irritada por essa inconveniente entrada de Ryuji e impaciente na busca por controlar suas emoções, Fusako dirigiu a Noboru uma raiva ainda mais severa do que antes.

— O que aconteceu afinal? — perguntou Ryuji entrando devagar no quarto.

— Ralhe com ele, por favor, papai. Se não receber uma surra, não vai corrigir os maus modos. Ele se enfiou dentro da cômoda vazia para espionar nosso quarto.

— Isso é verdade, filho? — Ao indagá-lo, não havia raiva na voz de Ryuji.

Sentado no chão com as pernas estendidas, Noboru assentiu com a cabeça, sem dizer nada.

— Então... Bem... Foi uma ideia súbita que você teve e colocou em prática esta noite?

Noboru meneou a cabeça em negação.

— Não? Então, aconteceu uma ou duas vezes antes?

O menino a balançou de novo.

— Há muito tempo você vem observando?

Ao ver Noboru assentir, Ryuji e Fusako involuntariamente se entreolharam. No relâmpago dos olhares trocados, tanto a vida em terra, sonhada por Ryuji, quanto a família saudável, na qual Fusako acreditava, brilhavam azuladas e desmoronavam com estrondo. Noboru teve esse agradável devaneio, mas naquele momento, a despeito de si, sucumbia às emoções a ponto de acreditar por demais na força dessa ilusão. Esperava por algo com ardor.

— Entendo — disse Ryuji, as mãos enfiadas com negligência no bolso, suas pernas peludas, estendidas para fora da barra do roupão, bem diante dos olhos de Noboru.

Ryuji agora se sentia obrigado a tomar uma decisão de pai, a primeira a que seria compelido a tomar na vida em terra. Mas as lembranças da fúria do mar de modo injusto atenuavam e absorviam as ideias da terra que ele tanto detestara no passado, barrando suas maneiras quase instintivas. Seria fácil bater no menino, mas um futuro difícil o esperaria. Ser amado com dignidade. Tornar-se o conveniente salvador das rotineiras dificuldades, equilibrando a contabilidade diária. Tornar-se alguém que em geral compreenda os sentimentos bastante incompreensíveis da mãe e do filho e, mesmo ao se defrontar com situações disparatadas, detectar com exatidão sua causa, tornando-se assim um educador infalível. Ou seja, não devia tratar a situação como uma tempestade oceânica, pensando que em terra firme sempre soprava uma brisa leve. Embora ele próprio não se desse conta, as influências do mar distante apareciam nele e, sem distinguir a sublimação ou a infâmia dos sentimentos, suspeitava que coisas de vital importância não aconteciam em terra. Quanto mais pensava em tomar uma decisão realista, os assuntos que ocorriam diante de seus olhos em terra firme se revestiam de tons fantasiosos.

Em primeiro lugar, seria um erro interpretar de forma literal as palavras de Fusako quando lhe pediu que desse uma surra em Noboru. Sabia que, pelo andar das coisas, ela acabaria grata pela tolerância dele.

Além do mais, ao ceder a tudo isso, Ryuji acreditava nos seus instintos paternos. Enquanto se apressava para apagar da mente seu dever para com essa difícil criança introvertida e precoce, que em seu coração na verdade não amava, era tomado pela ilusão de que detinha o genuíno afeto de um pai. Não só isso, sentia como se descobrisse tal emoção pela primeira vez, chegando mesmo a se surpreender com a imprevisibilidade e o embaraço de sua afeição.

— Entendo — repetiu Ryuji. E com calma sentou de pernas cruzadas no chão. — Sente-se você também, mamãe. Estive pensando que a culpa não é só de Noboru. Sua vida, filho, mudou a partir do momento em que eu entrei nesta casa. Não foi culpa minha, mas não há dúvida de que houve uma transformação na sua vida. Para um menino na escola secundária, é natural que uma mudança dessa faça despertar a curiosidade. O que você fez é ruim, com certeza é, mas direcione essa curiosidade para os estudos, está bem? Não comente nada sobre o que você viu. Não faça perguntas. Você já não é mais criança e um dia nós poderemos conversar e rir sobre isso juntos, como adultos. Acalme-se você também, mamãe. Vamos esquecer o passado, nos dar as mãos e viver felizes juntos. O papai vai tapar aquele buraco amanhã. Assim, aos poucos esqueceremos esta noite desagradável. O.k.? Entendido, filho?

Noboru escutava as palavras de Ryuji sentindo-se sufocar. "Como pode esse homem dizer coisas assim? Alguém antes maravilhoso e resplandecente."

Cada palavra provocava inacreditáveis pensamentos em Noboru. Imitando a mãe, queria gritar: "Que grande decepção!" Aquele homem dizia coisas que não deveria. Palavras ignóbeis em voz insinuante. Palavras imundas por não saírem de sua boca até o dia do Juízo Final. Palavras murmuradas por homens em covis fedorentos. E falava cheio de orgulho, acreditando de fato em si mesmo, satisfeito com o papel de pai que recebera para desempenhar.

"Fique satisfeito!", pensou Noboru, quase vomitando. Amanhã as desprezíveis mãos de Ryuji, as mãos de um pai dedicado à carpintaria aos domingos, obstruiriam para sempre a pequena passagem para o brilho transcendente que ele próprio uma vez tinha revelado.

— O.k.? Entendido, filho?

Ao terminar, Ryuji veio até Noboru e colocou a mão sobre o seu ombro. O garoto tentou se desvencilhar dela sem sucesso. Pensou ser verdade o que o chefe disse sobre haver coisas piores neste mundo do que ser espancado.

Capítulo 6

Noboru pediu ao chefe para convocar uma reunião de emergência, e os seis se reuniram depois da escola na piscina municipal, vizinha ao cemitério de estrangeiros.

Chegaram até ali deslizando, como do dorso de um cavalo, pela colina coberta de frondosas azinheiras. No meio da inclinação, eles pararam e espiaram por entre os arbustos os túmulos de quartzo brilhante sob o sol de inverno.

Dessa altura era possível avistar as cruzes de pedra e lápides em dois ou três patamares, como numa escada, todas viradas para o lado oposto ao deles. O verde-escuro das cicadáceas entre os túmulos. O vibrante vermelho e amarelo das extemporâneas flores de estufa postas à sombra das cruzes.

O cemitério de estrangeiros estava à direita da colina; em frente, via-se a Marine Tower por sobre os telhados das residências no fundo do vale; e em uma baixada à esquerda, a piscina. Fora da estação, por várias vezes os assentos da arquibancada tinham sido o local ideal para os encontros do grupo.

Os seis saltaram sobre as gigantescas raízes das árvores que, como veias grossas e muito negras, emergiam de dentro da terra e serpenteavam longe, e depois desceram correndo a encosta pelo estreito caminho de relva seca até a piscina. Seca e silenciosa, era cercada por arbustos que deixavam entrever o descascado fundo azul. Em lugar da água, folhas secas se acumulavam por todos os cantos. A escada de ferro, pintada também de azul, acabava bem acima do fundo. Voltando-se para oeste, o sol era obstruído por uma ribanceira que envolvia o vale como um leque, obscurecendo o fundo da piscina.

Enquanto corria junto com os outros, Noboru continuava a pensar no verso dos inúmeros túmulos que vira há pouco de relance. Cruzes e lápides vistas por trás. Se voltado para o lado oposto, como deveria ser chamado esse local na parte posterior onde agora se encontravam?

Os seis sentaram nos enegrecidos assentos de concreto da arquibancada formando um losango com o chefe ao meio. Noboru retirou calado da mochila um caderno fino que entregou a ele. Na capa, em berrante tinta vermelha, estava escrito *Crimes praticados por Ryuji Tsukazaki*.

Todos esticaram o pescoço e leram junto com o chefe. Era um trecho do diário de Noboru contendo dezoito itens, incluindo a anotação sobre o incidente da cômoda da noite anterior.

— Isso é terrível — exclamou o chefe com voz pesarosa. — O décimo oitavo item sozinho corresponde a trinta e cinco pontos. O total é... Vejamos, se atribuirmos cinco pontos ao primeiro item, e como à medida que se chega mais para o fim os pontos crescem, a pontuação total ultrapassa em muito os cento e cinquenta. Não imaginava que as coisas estivessem tão ruins. Precisamos refletir sobre isso.

Ao ouvir esse solilóquio do chefe, Noboru experimentou um leve arrepio.

— Será impossível salvá-lo? — perguntou.
— Não tem salvação. Pobre coitado.

Os seis permaneceram quietos por um tempo. O chefe interpretou o silêncio como falta de coragem e recomeçou a falar, despedaçando uma folha seca entre os dedos e torcendo suas resistentes nervuras.

— Nós seis somos gênios. E o mundo, como todos sabem, é vazio. Vocês refletiram bem sobre o que eu disse tantas vezes?

Em conclusão, é um pensamento tacanho achar que tudo nos está sendo permitido. Quem permite algo somos nós. Professores, escola, pais, sociedade: nós permitimos todo esse monte de lixo. E não por sermos impotentes. A permissão é nosso privilégio e se tivermos qualquer compaixão, ainda que diminuta, por certo não seremos capazes de acatar tudo de forma tão cruel. Ou seja, acabaríamos sempre condescendendo ao que não deveríamos. O permissível é realmente muito restrito. Por exemplo, o mar...

— Os navios — acrescentou Noboru.

— Isso mesmo. É um número reduzido. E se essas coisas permissíveis em quantidade tão limitada planejassem se revoltar contra nós, seria como se o cão que criássemos nos mordesse a mão. Representaria um insulto ao nosso privilégio.

— Nada fizemos até agora sobre isso — interveio o número um.

— Isso não significa que nunca o façamos — respondeu o chefe de pronto, com voz revigorada. — A bem dizer, esse tal Ryuji Tsukazaki não tinha uma existência tão importante para todos nós, mas para o número três é considerável. No mínimo, ele foi bem-sucedido em mostrar aos olhos do número três provas luminosas da relação interna do mundo que sempre costumo mencionar. Porém ele veio a trair o número três de forma séria. Transformou-se em um pai, o pior ser sobre a face da terra. Isso é inadmissível. Teria sido melhor que continuasse a ser o completo inútil do começo. Como sempre lhes digo, o mundo é formado por símbolos e decisões simples. Ryuji talvez ignorasse, mas ele era um desses símbolos. De acordo com o testemunho do número três, ao menos ele *parecia* ser. Vocês sabem qual é a nossa obrigação, correto? Uma engrenagem que cai rolando precisa ser encaixada de volta à força em seu lugar de origem. Se não o fizermos, a ordem se transformará em caos. Temos consciência de que o mundo é vazio e a única coisa que importa é continuar a manter a ordem nesse vazio. Somos, portanto, as sentinelas, os executores dessa tarefa.

E continuou a falar com tranquilidade.

— Não tem jeito. É preciso puni-lo. No final das contas, será para seu próprio bem... Número três, você se lembra que eu, no cais Yamashita, disse que só haveria uma forma de torná-lo de novo um herói e que chegaria o momento oportuno para falar sobre isso?

— Lembro, sim — respondeu Noboru, procurando conter as coxas que tremiam um pouco.

— Pois tal momento chegou.

Os outros cinco meninos entreolharam-se calados. Todos compreenderam a importância daquilo que o chefe pretendia dizer.

Contemplaram a piscina vazia, escurecida pelas sombras do entardecer, as linhas brancas traçadas no descascado fundo azul. As folhas caídas nos cantos se acumulavam, secas como poeira.

A piscina naquele instante parecia ser de uma profundidade terrível. Cada vez mais intensa devido à suave obscuridade azulada que dominava o fundo. A certeza de que ao se mergulhar na piscina vazia nada haveria para amparar o corpo provocava uma tensão contínua. Ainda que sem a leve água do verão que acolhia e fazia flutuar o corpo dos nadadores, esse local árido e perigoso sobrevivia, como um monumento à água e ao verão. A escada azul descendo junto à borda, terminando de repente tão acima do fundo...

De verdade, não havia nada ali que sustentasse um corpo!

— Amanhã as aulas terminam às duas. Podemos atrair aquele homem até aqui e levá-lo até nossa doca seca em Sugita. Número três, será sua função atraí-lo. Agora vou indicar o que cada um deverá trazer, por favor não esqueçam. Eu estarei a cargo de levar o soporífero e o bisturi. Antes de mais nada, será preciso fazer um homem forte como ele dormir, caso contrário, não daremos cabo dele. Em casa costumam tomar uma ou duas pílulas do soporífero alemão que temos, portanto, com umas sete a gente o derruba. Vou triturar os comprimidos para que dissolvam com facilidade no chá.

"Número um, você trará corda de cânhamo própria para alpinismo, de cinco milímetros, com um metro e oitenta de comprimento. Uma, duas, três, quatro... Ah, deixe preparado um pouco mais, umas cinco cordas.

"Número dois, você colocará chá quente em uma garrafa térmica e a esconderá na mochila.

"Número três, você já tem o trabalho de atraí-lo, e então não precisará fazer mais nada.

"Número quatro, você trará açúcar, colheres e copos de papel para nós bebermos e, para ele, um copo de plástico de cor escura.

"Número cinco, prepare um pano para usar como venda e uma toalha de mão como mordaça.

"E cada um pode trazer a arma branca que desejar. Facas, serras, o que preferirem.

"Já praticamos o essencial com o gato, será igual. Não há motivo para preocupação. É apenas maior, só isso. E deve ser um pouco mais fedorento."

Todos continuaram calados com os olhos fixos na piscina vazia.

— Número um, você tem medo?

O número um balançou a cabeça com dificuldade.

— E você, número dois?

Como se repentinamente tivesse esfriado, o número dois enfiou as mãos nos bolsos do sobretudo.

— Número três, você está bem?

Noboru não pôde responder. Sentia falta de ar e sua boca estava ressequida como se a tivessem enchido de folhas secas.

— Era o que eu temia. Em geral, vocês falam bastante, mas na hora "H" perdem toda a coragem. Vou tranquilizar vocês. Foi pensando nisso que trouxe algo comigo. — Ao dizê-lo, tirou da mochila um compêndio de leis de capa amarelo-avermelhada e habilmente procurou a página que lhe interessava.

— Então, ouçam com atenção o que vou ler. "Artigo 41 do Código Penal: Atos praticados por menores de catorze anos de idade não serão passíveis de punição." Vou repetir em voz bem alta: "Atos praticados por menores de catorze anos de idade não serão passíveis de punição."

Antes de prosseguir, circulou o livro com a página do compêndio de leis aberta para que os outros cinco meninos lessem.

— Essa lei foi escrita por nossos pais e pela sociedade fictícia acreditando ser em nosso benefício. Creio que deveríamos lhes ser gratos. Ela é a expressão dos sonhos acalentados pelos adultos em relação a nós, ao mesmo tempo que constitui também aquilo que eles mesmos nunca puderam concretizar. Uma vez tendo amarrado a si próprios com cordas bem apertadas, os adultos acreditavam que o mesmo deveria se dar conosco, mas por descuido permitiram apenas aqui, por essa lei, que vislumbrássemos o céu azul e a liberdade absoluta. Ela é uma espécie de conto de fadas criado por adultos, uma história bastante perigosa. Mas é assim mesmo. Afinal, até hoje temos sido crianças adoráveis, frágeis e inocentes.

Entre nós, eu, o número um e o número três completaremos catorze anos no próximo mês. Os outros três farão catorze anos em março. Pensem nisso. Agora é nossa última oportunidade!

O chefe olhou para todos e viu as faces tensas se acalmarem e o medo arrefecer. Despertando pela primeira vez para a calorosa cordialidade da sociedade, sentiram-se seguros diante da certeza de que seus inimigos eram, antes de tudo, seus protetores.

Noboru ergueu os olhos para o céu. O azul-celeste transformava-se, tingido de leve pelas cores do crepúsculo. Parecia-lhe lamentável vendar os olhos de Ryuji caso ele tentasse mirar esse céu sagrado em meio à agonia de sua morte heroica.

— Esta é nossa última oportunidade — repetiu o chefe. — Perderemos a chance a menos que tenhamos a convicção para trocar nossa vida pela obediência à ordem suprema da liberdade humana e pela realização da impreterível necessidade de preencher o vazio do mundo. Seria totalmente irracional que nós, os executores da pena de morte, sacrificássemos nossa vida.

Se deixarmos passar este momento, pelo resto da vida não poderemos mais roubar, matar ou praticar qualquer outro ato que testemunhe a liberdade humana. Acabaremos em uma existência de ratos em meio a rotina e bajulações, segredos e subserviência, compromissos e medos, a cada novo dia preocupados, de olhos grudados em nossos vizinhos. Até casarmos e gerarmos filhos, tornando-nos os pais mais vis da face da terra.

Precisamos de sangue! De sangue humano! Do contrário, este mundo vazio acabará empalidecendo e murchando. Precisamos extrair sangue fresco daquele homem e transfundi-lo para o universo que morre, o céu que morre, os bosques que morrem, a terra que morre.

A hora é agora! Agora! Agora! Em um mês vão finalizar os trabalhos de terraplenagem das escavadeiras ao redor da doca seca. O local se encherá de gente. Além disso, em breve completamos catorze anos.

Envolto pela sombra negra dos galhos dos arbustos, o chefe acrescentou, olhando para o céu:

— Amanhã deve fazer tempo bom.

Capítulo 7

Na manhã de 22 de janeiro, Ryuji e Fusako foram juntos até o gabinete do prefeito de Yokohama para lhe pedir que fosse testemunha de seu casamento, o que ele aceitou com prazer.

Saindo de lá, os dois passaram por uma loja de departamentos no distrito de Isezaki para providenciarem a impressão dos convites. A reserva para a cerimônia no New Grand Hotel já estava feita.

Depois de almoçarem cedo, voltaram à Rex.

No início da tarde, Ryuji saiu para um compromisso que havia mencionado antes. Um colega dos tempos da escola de Marinha Mercante, agora primeiro oficial de um cargueiro que havia atracado pela manhã no píer Takashima, estaria livre só naquele horário.

Ryuji não desejava aparecer em um terno inglês de bom acabamento, desagradava-lhe a ideia de ostentar ao velho amigo tal mudança de situação pelo menos até o casamento. Avisou Fusako que voltaria para casa para trocar as roupas pelas próprias a um marinheiro.

— Tem certeza de que não vai embarcar no navio de seu amigo e desaparecer? — indagou Fusako em tom jocoso ao acompanhá-lo à porta.

Na noite passada, Noboru tinha com delicadeza chamado Ryuji para ir até seu quarto para que lhe ensinasse o dever de casa e cumprisse com fidelidade um pedido que faria.

— Papai, amanhã todos os meus amigos querem ouvir suas histórias do mar. Depois das duas da tarde, após o término das aulas, estarão esperando na colina acima da piscina. Todos desejam muito ouvi-lo, então conte suas histórias para nós, por favor. Venha com as roupas de marinheiro e o quepe que costumava usar. Mas guarde segredo de mamãe. Diga a ela que vai se encontrar com algum velho amigo ou algo assim para poder sair mais cedo da loja.

Como se tratava do primeiro favor que Noboru lhe pedia, de maneira doce e de coração aberto, Ryuji tomou cuidado para não trair a confiança do menino. Era sua obrigação de pai. Quando mais tarde Fusako descobrisse, seria motivo para rirem juntos. Valendo-se daquela plausível história, deixou a loja antes do usual.

Ryuji esperava sentado nas raízes de uma azinheira na colina próximo à piscina, quando pouco depois das duas os meninos apareceram. Um deles, de lábios vermelhos e sobrancelhas arqueadas como a lua crescente, parecia particularmente inteligente. Agradeceu de modo cortês a ele por ter vindo e pediu que os acompanhasse até a doca seca, um local mais adequado para ouvir suas histórias. Ryuji concordou, acreditando ser próximo ao porto. Os meninos se divertiram tomando e experimentando o quepe de marinheiro um após o outro.

Era uma tarde amena de meio do inverno. Fazia frio à sombra, mas sob os raios de sol que atravessavam as finas nuvens os sobretudos podiam ser dispensados. Ryuji carregava seu casaco no braço, vestindo o suéter de gola rulê e o quepe. Cada um dos seis meninos, incluindo Noboru, trazia uma bolsa de couro e caminhava em grande agitação, ora na frente, ora atrás dele. Comparados aos garotos de agora, os seis tinham estatura baixa e Ryuji os imaginou como seis rebocadores tentando em vão dar conta de um cargueiro. Não percebeu que a animação dos meninos carregava um tipo de arrebatada inquietação.

O menino das sobrancelhas de lua crescente informou que iriam tomar o trem elétrico municipal. Apesar de surpreso, Ryuji acompanhou o grupo sem protestar, compreendendo que para pré-adolescentes o ambiente da história era importante. Não fizeram menção de saltar do trem até chegarem ao ponto final em Sugita, no distrito de Isogo, bem ao sul de Yokohama.

— Afinal, para onde estamos indo? — perguntou Ryuji várias vezes com curiosidade. Tendo decidido passar a tarde com os meninos, não pretendia demonstrar desagrado, pouco importando o que acontecesse.

Todo o tempo Ryuji olhava atento para Noboru, tomando cuidado para que não percebesse. Pela primeira vez notou que o menino perdia o costumeiro olhar inquisitivo e incisivo ao alegremente se misturar com os colegas. Vendo-o assim, a fronteira entre Noboru e os demais garotos tornava-se imprecisa e por vezes os confundia, misturados como partículas de poeira volteando nas cores do arco-íris, sob os raios de sol de inverno filtrado pela janela do trem. Era algo que não imaginaria que um menino solitário fizesse, tão diferente dos outros, habituado a dirigir olhares furtivos às pessoas. Bastou isso para Ryuji ter como certa a decisão de tirar metade do dia e vestir-se com seu traje de marinheiro para divertir Noboru e seus colegas. Tirou sua conclusão do ponto de vista moral e educacional, como pai. A maioria dos livros e revistas concordaria. Tomou essa excursão como uma providencial oportunidade para sedimentar sua relação, após Noboru ter--lhe estendido a mão de maneira voluntária. E assim, pai e filho, na origem estranhos um ao outro, estabeleceriam uma doce e profunda confiança. Levando em conta a idade de Noboru, não seria extraordinário Ryuji ser seu pai se tivesse tido um filho aos vinte anos.

Após descerem no ponto final em Sugita, os meninos arrastaram Ryuji cada vez mais para o inclinado caminho em direção à montanha.

— Esperem um pouco, a doca seca fica na montanha? — perguntou Ryuji curioso.

— Isso mesmo. Em Tóquio o metrô não passa acima de nossa cabeça?

— Nessa você me pegou. — Ryuji se mostrou vencido e, satisfeitos consigo mesmos, os meninos riram sem parar.

O caminho ladeava o monte Aoto, adentrando o distrito de Kanazawa. Passaram em frente à usina de energia elétrica, com sua complexa rede de isoladores e cabos se projetando no céu da tarde invernal, e em seguida atravessaram o túnel Tomioka. À direita, viam-se ao longo da montanha os trilhos dos trens expressos que ligavam Tóquio a Yokohama e, à esquerda, novos e simpáticos loteamentos residenciais ocupando toda a encosta.

— Agora estamos quase lá. Vamos subir por entre esses terrenos. Originalmente aqui era uma base do Exército americano. — À frente do grupo, o menino que parecia ser o líder deu a curta explicação de forma brusca.

O trabalho de terraplenagem no terreno em declive fora concluído, havia muros de contenção de pedra e uma via de acesso, e algumas casas já começavam a ser construídas. Ao redor de Ryuji, os meninos subiam direto pela ladeira entre os lotes.

Ao se aproximarem do alto da encosta, o caminho desaparecia de modo abrupto e começava um terraço com alguns degraus de campos sem cultivo. Como num passe de mágica, a via normal e reta vista da parte inferior da colina se transformava ali em uma devoluta porção de terra selvagem.

Chegava a ser estranho o fato de não haver vivalma no local. Algo semelhante ao zumbido de uma escavadeira ressoava vindo do outro lado. Os sons do tráfego de carros subiam do túnel Tomioka localizado bem abaixo. Nesse extenso cenário vazio, o próprio eco do ruído das máquinas acabava por acentuar ainda mais a sensação de desolação.

Aqui e ali em meio à relva seca, tocos de árvores apareciam, parte deles em decomposição.

O grupo atravessou o campo relvado. A trilha coberta por folhas caídas conduzia à beira da colina. À direita, havia um tanque enferrujado coberto de grama e cercado por arame farpado, e, pendurado torto nos parafusos de uma das faces de estanho, um aviso tingido pela ferrugem com palavras em inglês. Ryuji parou e o leu:

INSTALAÇÃO DAS FORÇAS AMERICANAS

A ENTRADA DE PESSOAS NÃO AUTORIZADAS É PROIBIDA E PUNÍVEL PELA LEGISLAÇÃO JAPONESA.

— O que significa "punível"? — perguntou o líder do grupo.

Ryuji sentia algo naquele menino que o impedia de gostar dele. O fugaz cintilar em seus olhos ao fazer a pergunta sugeria que ele bem conhecia a resposta. Ryuji, porém, respondeu de maneira cortês.

— Significa poder receber um castigo.

— Ah, é? Mas como esse terreno não é mais usado pelas tropas americanas, estamos livres para fazer o que quisermos, não? Olhe! Aqui é o topo. — Como um balão que se solta da mão, tão logo perguntou, num abrir e fechar de olhos o menino parecia ter esquecido o assunto que até pouco antes lhe interessava.

Ryuji subiu até o fim da ladeira estreita e apreciou o vasto horizonte que de súbito se estendia.

— Nossa! Vocês encontraram um local maravilhoso.

A paisagem revelava o mar a nordeste. À esquerda, algumas escavadeiras abriam um enorme corte no barranco de barro vermelho enquanto caminhões transportavam a terra removida. Vistos assim ao longe, os veículos pareciam diminutos, mas seu barulho incessante agitava o ar. Ainda mais distante no vale, havia uma fileira ordenada de telhados cinza de laboratórios industriais e empresas aeronáuticas; na entrada do pátio de concreto em frente ao escritório central, um pequeno pinheiro era banhado pela luz solar.

Ao redor das fábricas, também se avistava um vilarejo de casas rústicas. Os débeis raios de sol acentuavam os altos e baixos dos telhados, suavizando as sombras enfileiradas dos inúmeros prédios das fábricas. Em meio à fumaça fina, luziam os para-brisas dos carros em trânsito, como conchas suspensas na paisagem.

Quanto maior a proximidade do mar, diminuía a diferença entre perto e distante, aprofundando a singular sensação de ferrugem, tristeza e desordem. Um guindaste carmesim levantava devagar a cabeça para além do maquinário enferrujado, descartado e exposto às intempéries. Mais adiante, estavam o mar e os molhes de pedras brancas empilhadas e, atracada na extremidade das avançadas obras de aterro, uma draga verde e descascada lançava fumaça negra no ar.

O mar provocou em Ryuji a sensação de estar distante há muito, muito tempo. Apesar de ser possível do quarto de Fusako contemplar o porto, ultimamente ele não se aproximava mais da janela. Uma nuvem perolada flutuava ao largo e sua sombra imprimia um gélido tom esbranquiçado à superfície da água, roxa como berinjela, de uma ainda distante primavera. Uma única nuvem. Passadas as três da tarde, o céu todo azul parecia querer relutar, como a desbotada barra de uma roupa, puída após incontáveis lavagens.

Desde a suja costa até o alto-mar, as águas se estendiam imundas como uma gigantesca rede de matiz ocre. Próximo à costa não se avistava navio algum. Ao largo, movimentavam-se vários pequenos cargueiros, de cerca de três mil toneladas cada um, que mesmo a tal distância evidenciavam sua decrepitude.

— O navio que eu tripulava não era pequeno como aqueles — disse Ryuji.

— Devia ter umas dez mil toneladas, não? — falou Noboru, que até então tinha economizado as palavras.

— Vamos, venha — disse o líder, puxando Ryuji pelo braço do sobretudo.

O grupo desceu mais um pouco pela trilha coberta de folhas. Chegaram a uma área que por milagre parecia ter escapado à devastação ao redor, como um vestígio do alto da colina de outrora. O local, parte de uma série de sinuosas encostas que bloqueava o vento marinho do leste, era protegido a oeste pelo topo da colina repleto de árvores, terminando em um malcuidado campo de inverno. Plantas rastejantes secas se enroscavam nos arbustos ao redor do caminho, havendo na extremidade de uma delas um melãozinho selvagem, vermelho e enrugado. Os raios do sol vindos do oeste eram barrados no momento que descendiam e somente alguns brilhavam sobre as pontas das folhas mortas dos bambus.

Embora se lembrasse de ter feito coisas semelhantes quando criança, Ryuji se espantou com a capacidade única dos meninos em descobrir e se apropriar nessa idade de um esconderijo tão raro.

— Quem descobriu este local?

— Fui eu. Minha casa fica em Sugita. Passo por aqui a caminho da escola. Descobri e contei para o pessoal — falou um dos meninos que Ryuji ainda não tinha ouvido abrir a boca.

— E onde fica a doca seca?

— É bem aqui.

O líder estava de pé em frente a uma pequena gruta à sombra do despenhadeiro do alto da colina e sorria, indicando a entrada. Naquele sorriso Ryuji pressentiu algo perigoso e tão frágil como refinado cristal. Não compreendia de onde vinha tal impressão. O menino continuou a explicação, desviando o olhar e escapulindo como um peixe que, apesar de miúdo, é bastante hábil.

— Aqui é nossa doca seca. Uma doca seca no alto de uma montanha. Aqui consertamos navios arruinados ou os desmontamos para que sejam reconstruídos do zero.

— Hum. Deve ser um senhor trabalho arrastar os navios até aqui.

— É moleza. Muito fácil. — O menino de novo exibiu seu lindíssimo sorriso.

Os sete sentaram no terreno diante da gruta, de um verde falhado da pouca relva. À sombra fazia muito frio e a brisa marinha alfinetava os rostos. Ryuji vestiu o casaco e cruzou as pernas. Quando tudo parecia calmo, o barulho das escavadeiras e dos caminhões voltou a penetrar os ouvidos.

— Algum de vocês já esteve a bordo de um navio grande de verdade? — perguntou Ryuji com uma ensaiada jovialidade.

Os meninos se entreolharam sem responder.

— Para falar sobre a vida no mar, é preciso começar pelos enjoos — Ryuji se pôs a divagar, dirigindo-se a um público impassível. — Todo marinheiro acaba passando por essa experiência. Por ser muito duro, alguns chegam a desistir na primeira viagem. Quanto maior o navio, mais os balanços e inclinações se misturam, sem contar os peculiares odores: de tinta e óleo, da cozinha...

Ao notar que os meninos não pareciam estar interessados em conversas sobre enjoo, Ryuji não teve outro jeito a não ser cantar.

— Vocês conhecem esta canção?

"A sirene toca, a fita é cortada
O navio da costa se afasta
Decidi ser um homem do mar
Aceno gentilmente, meu coração chora
Vendo a cidade portuária se distanciar"

Os meninos cutucaram uns ao outros, rindo. Não se contendo de vergonha, Noboru levantou-se de modo brusco. Com a ponta dos dedos, tirou o quepe da cabeça de Ryuji e, dando as costas para os outros, começou a brincar com ele.

A âncora no centro da grande insígnia era solenemente abraçada por bordados de ambos os lados, dourados ramos de louro com frutos em fios de prata. De cima a baixo, enlaçavam sua haste com afrouxadas cordas em fios de ouro. Refletindo o céu da tarde, a pala negra brilhava, melancólica.

No passado, esse formidável quepe devia se distanciar no mar, reluzindo à luz do entardecer do verão, radiante emblema da despedida e do desconhecido. Ao se afastar, liberava-se das amarras da existência para se transformar em uma tocha exaltada com orgulho no caminho para a eternidade.

— Minha primeira viagem marítima foi para Hong Kong...
— Quando Ryuji começou a falar, todos passaram a ouvir com interesse. Ele contou sobre as várias experiências de sua viagem inicial, os erros, as tantas aspirações, apreensões e perplexidades. Falou então dos casos ocorridos em cada viagem ao redor do mundo. Quando atracaram no porto de Suez, à entrada do canal, e sem que ninguém percebesse, tiveram um cabo de amarração roubado. Sobre o vigia em Alexandria que falava japonês e, em arranjo com ambulantes, vendeu todo tipo de vulgares bugigangas aos marinheiros (Ryuji preferiu não entrar em detalhes por inconveniência ao propósito educacional). Da inimaginável correria após carregarem carvão em Newcastle, Austrália, tendo que se preparar para logo atracar em Sydney, um trajeto que não durava mais que um turno. E das lembranças quando sua embarcação, que transportava apenas matérias-primas e minério bruto, como a maioria dos cargueiros de linhas não regulares, se deparou com um belo navio da United Fruits na costa da América do Sul que perfumava o ar marítimo com o cheiro das frutas em seus porões.

No meio de sua narrativa, Ryuji percebeu que o líder havia tirado as luvas de couro que usara até então para vestir até os cotovelos luvas de borracha que rangiam ao enfiar nelas as mãos. De maneira pesada e nervosa, o menino cruzou várias vezes os dedos como se quisesse que a borracha fria aderisse a cada uma das juntas.

Ryuji não suspeitou de nada. Entendeu como uma incongruente excentricidade realizada na sala de aula por um entediado aluno inteligente.

Além disso, à medida que contava as histórias, mais se deixava contagiar pelas lembranças, voltando o rosto na direção do mar, para a linha de profundo azul que se podia dali avistar.

No horizonte, um pequeno cargueiro se deslocava devagar soltando fumaça negra. Pensou que poderia estar a bordo daquele navio.

Enquanto falava com os meninos, aos poucos chegou até a compreender a imagem de si formada no coração de Noboru. "Eu poderia ser um homem se distanciando da costa para sempre." Apesar de ter se cansado de tudo, aos poucos despertava ainda mais uma vez para a grandeza daquilo a que renunciara.

As sombrias paixões das marés, o grito das gigantescas ondas quebrando, cada vez mais altas... Da orla escura, a glória desconhecida chamando infinitamente por ele, fundida na morte e em uma mulher, destino feito sob medida. Aos vinte anos, tinha certeza de haver um facho de luz na tenebrosa profundeza do mundo, preparado só para ele, por se aproximar e iluminar mais ninguém.

Em seus sonhos, a glória, a morte e a mulher formavam uma trindade. Quando obteve a mulher, os outros dois elementos, todavia, se afastaram para além do largo e cessaram o desolado bramido pelo seu nome. Tudo aquilo que ele havia rejeitado agora o rejeitava de volta.

Não que até aquele momento o mundo que se inflamava como em uma fornalha lhe pertencesse, mas ainda assim podia sentir sob as saudosas palmeiras tropicais o sol cingir seus flancos e lhe rasgar a carne com dentes afiados. Agora só restavam as brasas. Uma vida pacífica e imóvel se iniciava.

Mesmo uma morte perigosa o havia rejeitado. Bem como a glória, naturalmente. A ressaca de seus sentimentos. A tristeza lhe trespassando o corpo. As radiantes despedidas. O apelo da grande causa, um outro nome para o sol meridional. As heroicas lágrimas femininas. As sombrias aspirações que o atormentavam. A força pesada e gentil que o encurralara no apogeu da masculinidade... Tudo isso havia acabado.

— Aceita um pouco de chá? — A voz alta e límpida do líder o chamava às suas costas.

— Sim — respondeu Ryuji sem se virar, confinado em seus pensamentos.

Lembrou-se das ilhas que visitara no passado. Makatea, na Polinésia Francesa. E Nova Caledônia. As ilhotas próximas à Malásia. Os países insulares nas Antilhas. Fervilhando de melancolia e lassidão como se queimassem, repletos de condores e papagaios e, por toda a parte, palmeiras! Palmeiras-imperiais. Surgindo de dentro da luminosidade do mar, a morte se aproximara como nuvens de tempestade. A morte vislumbrada em êxtase, solene, magnificente e aclamada, para sempre perdida. E se o mundo estivesse preparado para tão radiosa morte, não seria afinal surpreendente que também o mundo perecesse diante dela.

Ondas no interior de um atol, tépidas como sangue. O sol tropical reverberando pelo céu como o chamamento de trombetas de metal. Um mar de tantas cores. Tubarões...

Ryuji estava prestes a se arrepender.

— Aqui está o seu chá. — De pé logo atrás, Noboru estendeu o copo de plástico marrom-escuro próximo ao seu rosto. Ryuji recebeu o copo, ausente. Notou que a mão do menino tremia de leve, provavelmente devido ao frio.

Ainda mergulhado em sonhos, Ryuji tomou um gole do chá morno. Sentiu um amargor na boca. Como todos sabem, amargo é o sabor da glória.

***

ESTE LIVRO FOI COMPOSTO EM ADOBE GARAMOND CORPO 12 POR 15 E IMPRESSO SOBRE PAPEL AVENA 80 g/m² NAS OFICINAS DA RETTEC ARTES GRÁFICAS E EDITORA, SÃO PAULO – SP, EM JUNHO DE 2024